ベリーズ文庫

凄腕な年下外科医の容赦ない溺愛に双子ママは抗えない

【極上スパダリ兄弟シリーズ】

滝井みらん

STARTS
スターツ出版株式会社

目次

凄腕な年下外科医の容赦ない溺愛に双子ママは抗えない【極上スパダリ兄弟シリーズ】

凄腕な年下外科医の容赦ない溺愛に双子ママは抗えない
【極上スパダリ兄弟シリーズ】

ワンナイトラブ

「「おぎゃー、おぎゃー」」

　仮眠を取っていたら、双子が泣きだした。

「……ああ、ミルクね」

もうお腹減ったんだ。もっと寝たいけど、赤ちゃんは待ってくれない。

目を擦《こす》りながら起きると、急いでミルクを用意する。

「美涼《みすず》、涼寧《すずね》、待っててね。すぐあげるから」

身体は寝不足でへとへとだったが、泣き続けるふたりに、優しく声をかけた。

ふたりは双子の女の子で、顔もそっくり。パパの名前にちなんで美涼、涼寧と名付けた。

目元がパパに似ていて、将来美人になりそう。

赤ちゃんたちはとてもかわいいのだけど、出産してからこうして起こされてずっと寝不足が続いている。

夜中だろうが赤ちゃんはミルクを欲しがって泣く。それも一度ではない。三十分も寝たら起こされて、ミルクとおむつ替え。その繰り返し。

でも、産んだことを決して後悔はしていない。お世話は大変だが、幸せな時間だ。こうしてミルクをあげられるのも、ずっとではない。一年ちょっとの間くらいなのだから——。

「これでちょうどいいかな。はい、お待たせ」

哺乳瓶が熱くないか確認すると、授乳クッションを使い、ふたり同時にミルクを飲ませる。私をじっと見つめて哺乳瓶を一生懸命吸っている姿がなんとも愛《いと》おしい。

赤ちゃんの目は黒目が大きく、とても澄《す》んでいてキラキラしている。無垢《むく》だからこそ、こんなに綺麗《きれい》なのかもしれない。ふたりを命に代えても守らないと……、そう思えてくる。

「これからこの目でたくさんのものを見ていくんだね」

ちゅぱちゅぱとミルクを飲むふたりを見て、小さく微笑《ほほえ》んだ。

生まれてからひと月経《た》って、ふたり同時の授乳にも慣れてきたけれど、睡眠不足はいまだに慣れない。授乳と寝かしつけでまとまった時間寝ることができないのだ。

世のお母さんはすごいって、出産と育児を経験して改めてわかった。赤ちゃんを産んでから化粧もあまりしていないし、外出も徒歩十分ほどの距離にある公園に散歩に行く程度。姉家族が手伝ってくれているお陰でなんとかなっているが、助けがなければ私も赤ちゃんたちも大変なことになっていただろう。

今考えると、ひとりで産もうなんて無謀だった。家族のありがたみを日々感じている。それでも、やっぱり双子が寝て静かになると、愛するあの人の顔がフッと浮かんでくるのだ。

本当なら私の隣には彼がいたのにって――。

一度たりとも彼のことを忘れたことはない。忘れられるわけがない。

私を愛してくれた、この世でたったひとりの人――。

『薫《かおる》さん』

私を呼ぶ優しくて、甘いその声。

目の前にいなくたって、頭の中で聞こえる。

会いたくて、会いたくてたまらない。

出会った日のことだって、何度も夢に見るのだ。

あれは十カ月前のこと――。

「結婚おめでとう。幸せになってね」

披露宴が終わり、招待客を見送る花嫁をギュッと抱きしめる。

神戸《こうべ》のとあるホテルで行われた結婚式に私は出席していた。

「次は薫の番よ。きっと薫だけの王子さまが現れるわよ」

親友である花嫁は優しい笑顔でそんな言葉を口にしたけれど、私には一生そんな人は現れないと思った。

私は月城《つきしろ》薫、三十二歳。独身で彼氏もいない。背は百六十五センチで痩せ型。自慢は腰まである天然のベージュカラーの髪で、皆綺麗だと褒めてくれる。

日本一の商社である『AYN《エーワイエヌ》商事』で会長秘書として働いていて、仕事面では毎日充実しているけれど、プライベートは寂しいもの。大学時代に付き合った彼に浮気されて以来、ずっと恋人はいない。

その苦い恋の経験からすっかり臆病になってしまって、友人に合コンに誘われてもすべて断っていた。まあ、そもそも元彼と出会ったのも合コンだったから、もうそういう出会いは懲り懲りだったのだ。

就職してからも、周りの友達は恋人がいるのに、私はひとりぼっち。そんな寂しさを紛らわすように、漫画にのめり込んだ。

二次元の世界はいい。だって私のお気に入りのキャラは顔もよくて優しくて、それに文武両道で、ヒロインを溺愛する。すべてにおいて完璧で、絶対に愛する人を裏切らない。

素敵だと思った人は会社にひとりだけいたけれど、結局縁がなくて、漫画が私の恋人という日々が続いている。

三十歳を過ぎると、同級生の友達はほとんど結婚してしまった。福井《ふくい》に住んでいる母も、『こっちに戻ってそろそろ結婚したら？』と電話してくるたびに言ってくる。

私が高校三年の時に父は交通事故で亡くなってしまったし、姉は地元で結婚して子供もいるから、私がまだひとり身だというのが心配で仕方がないのだろう。

でも、実家に戻ったからといって理想の男性と出会える保証はなく、今のようなやり甲斐《がい》のある仕事があるわけでもない。それになにより、もう好きになった人に裏切られるのが怖いのだ。

多分私は一生独身のままに違いない。誰にも愛されず、ひとり寂しく死んでいく未来が自分には見える。

「ありがとう。気長に待ってみるわ」

胸がチクッとするのを感じながらも、笑顔を作って花嫁に言葉を返す。

その後、同じホテル内にあるバーでの二次会に参加した。

二時間ほどでお開きになったけど、部屋にそのまま戻るのがなんとなく嫌で、ひとり窓際の席でカクテルを口に運んでいた。

目の前にあるのは、星屑をちりばめたかのような美しい神戸の夜景。

冬で空気が澄んでいるせいか、遠くの方まで見える気がした。

綺麗と思うと同時に、なんだか虚《むな》しくなる。

「ウエディングドレス姿……素敵だったな」

親友が羨《うらや》ましかったせいか、思考がそのまま声になった。

大好きな人たちが結婚して幸せになるのは嬉《うれ》しい。でも、恋人もいない自分だけが取り残されていくような気がする。

三十歳くらいまではクリスマスを一緒に過ごしてくれる友人が何人かいたけど、今は誰もいない。だから、去年のクリスマスはコンビニのケーキとファーストフード店のチキンを自分のマンションでひとり寂しく食べて過ごした。

もう十二月初旬。一年で一番嫌なその恋人イベントがもうすぐやってくる。

私だけを愛してくれる男の人なんて、この世にはいないんだろうな。

彼氏に浮気された経験から結婚のことは考えず、仕事に身を捧《ささ》げてきた。

男なんていなくても生きていけるとずっと自分に言い聞かせていたのに、今日みたいな夜は人恋しくなる。

ひとりでいる方が自由で楽しい。彼氏がいたって浮気されるだけ。

その言葉を呪文のように何度唱えただろう。

でも、自分の心には嘘《うそ》をつけない。やっぱり……ひとりは寂しい。

私だって、誰かに強く求められたい。熱く愛されたい——。

グイッとカクテルを一気に飲み干し、また店員に同じものを頼んだ。これで三杯目。お酒は決して強くないのに、今日に限って酔えない。悔しいくらい頭はクリアだ。

こういう時だけどうして酔わないの?

「さすがに三杯飲んだら酔うわよね」

カクテルを見つめると、ゆっくりと口に運ぶ。甘いはずのカクテルも今夜は苦く感じた。

私って……一生処女のまま死んでいくのかしら。

自分の身体に自信がなくて、大学時代の彼氏には付き合って一カ月経っても、身体を許すことができなかった。だから浮気されたのだろう。

誰にも愛されない人生。

「私の運命の人はどこにもいないのかも。虚しい……な」

小さく呟《つぶや》いて、ボーッと夜景を眺めていたら、ボストンフレームのメガネをかけた三十代くらいの男性に声をかけられた。

「なあ、一緒に飲まないか?」

恐らく親友の結婚式に出席していた新郎の友人のひとりだろう。なんとなく見覚えがある。

「もう部屋に戻るので」

椅子から立ち上がろうとしたら、男性が馴れ馴れしく私の肩を押さえつけてきた。

「いいから、いいから」

親しげに肩を触られ、ゾゾッと総毛立つ。軟派な男性に嫌悪感があるからか、触れられるとたまにこうして鳥肌が立つことがあるのだ。昔彼氏に振られた後遺症かもしれない。元彼は誰にでも優しくて、女の子と距離を詰めるのがうまかった。

「さ、触らないで」

男性の手を振り払おうとすると、その男性が横に座り、今度は私の膝に手を置いてきた。

「や、やめて……」

男性を睨みつけて抗議したら、「男を待ってたんだろう?」と太ももに嫌らしく触れてくる。

怖くて身体が硬直し、椅子から立ち上がることもできなかった。

「……嫌」

俯いて弱々しい声で抵抗すると、突然男性が「痛てて！」と呻《うめ》いた。

なにが起こったの？

「彼女、嫌がってるじゃないか。警察を呼んでもいいんだぞ」

よく知った声がして顔を上げたら、横にＡＹＮ商事の副社長がいて、男性の手を捻《ひね》り上げている。

——綾小路《あやのこうじ》悠《ゆう》。

彼がここにいるのが信じられなくて、何度も目を瞬いた。

百八十五センチの長身。サラリとしたダークブラウンの髪に、綺麗な栗色の瞳。俳優顔負けのビジュアルは美しくて気高く、そこにいるだけで圧倒的な存在感がある。オーダーメイドの濃紺のスーツを身に纏《まと》っている彼は、洗練された大人の魅力に満ちていた。

アメリカ出張中の副社長がどうしてここに？

頭の中は？だらけ。

私が呆気《あっけ》に取られている間も、緊迫した状況が続いている。

「俺はただ彼女が心配だっただけで……」

私に言い寄ってきた男性が怯《おび》えながらそんな言い訳をすれば、副社長が凄みのある眼光でその男性を睨みつけた。

「失《う》せろ」

冷ややかに告げて副社長が手を離すと、男性はそそくさとこの場を逃げ去った。

「大丈夫ですか？」

私を気遣うように副社長が声をかけてくるが、なにか様子が変だ。まるで見知らぬ人に話しかけるみたい。会長秘書の私を知らないはずはないのにどうして？

不思議に思っていると、彼が私の顔を覗《のぞ》き込んできた。

「あの……大丈夫ですか？」

「あっ、はい。大丈夫です」

毎日お顔を拝見するけど、こんなに接近したのは初めて。

彼を見つめ返して慌てて取り繕うが、心臓はドッドッドッと激しい音を立てている。

「ちょっと顔色が悪いですね。すみません、水をください」

副社長は近くにいた店員に声をかけると、着ていたジャケットを私にかけた。

「その格好では冷えますよ。気分が悪いですか？」

彼にそう言われて初めて身体が冷えていることに気づいた。

今着ているのは、ラベンダー色のドレス。ボレロを上に羽織っているとはいえ、結婚式用のドレスで生地は薄い。

「大丈夫です。ジャケットはお返ししま――」

ジャケットを返そうとしたら、止められた。

「着ててください。とりあえず水を飲んで落ち着きましょう」

まるで病院の先生のような口調で言われ、「はい」と素直に従う。

ゴクッとひと口水を飲むが、まだ頭は混乱状態だ。

カクテルで酔ってしまったのだろうか？　それとも、変な夢でも見ているの？

「あの……副社長がどうして神戸に？　出張でアメリカにいるはずでは？」

思い切って副社長を見据えて尋ねると、彼が微かに笑った。

「ああ。ひょっとしてＡＹＮ商事にお勤めですか？」

「……はい」

毎日顔を合わせているのに、なぜそんなことを尋ねるのだろう。

思わぬ質問をされ、ためらいながら返事をした。

「よく間違われるんです。僕は綾小路悠の双子の弟の涼《りょう》と言います」

彼がスーツの内ポケットから名刺を出して、私に手渡す。

そこには【M大学病院　心臓血管外科　准教授　綾小路涼】と書かれていた。

会長の通ってる病院で医師をされているのか。この若さで准教授なんて、すごいエリートなんだろうな。

副社長に双子の弟がいるのは知っていたけれど、すっかり忘れていた。

ううん、もう酔いが回ってきて、頭が働かないのかも。まさか副社長の弟に会うなんて思わなかった。

そういえば、副社長はメガネをしているのに、今目の前にいる弟さんはしていない。

それに前髪も下ろしている。

「副社長の弟さんだったんですね。すみません。間違えてしまって。私はAYN商事で会長秘書をしている月城薫と言います」

恐縮しながら謝って私も自己紹介すると、彼がなにか納得したような顔で相槌《あいづち》を打った。

「ああ。あなたが薫さん。義姉から優しい先輩だって話をよく聞いているんですよ。綺麗なのにとってもかわいい人だって」

彼の言葉を聞いて、慌てて否定する。

「ぜ、全然そんなことありませんよ」

彼の義姉というのは、私の後輩で専務秘書の綾小路真理《まり》ちゃんのことだろう。

とってもいい子で、私は彼女のことを妹のようにかわいがっている。その真理ちゃんが結婚したのが副社長で、今目の前にいる彼が彼女の義弟というわけだ。

副社長は私よりも二歳年下なのに有能で、人望もあって、誰もが認める経営者。副社長に就任して短期間でたくさんのプロジェクトを進めているその手腕はすごいし、部下の士気を高める人格も人並み外れたものだと思う。

それになにより、誰よりも精力的に仕事をしている姿に尊敬の念を覚える。彼のファンの女性社員ほどではないが、ちょっと憧れてもいた。

社員の前では紳士的で優しい副社長だけど、その妻である真理ちゃんの話によると、副社長は少し意地悪な性格のようだ。それは副社長が愛している人にだけ見せる特別な顔なのだろう。

私が副社長に憧れたのも、私のバイブルといっていい漫画のヒーローに似ていたからだと思う。副社長は現実離れをしたルックスで男臭さも感じさせず、ある意味、私の幻想を壊さない男性だった。でも、幻想は幻想。リアルな世界にそんな完璧な人はいないのだ。

ただの憧れだったとわかっていても、副社長とそっくりの弟さんが目の前にいると、なんだか緊張してしまう。アルコールのせいもあるかもしれない。

「今日は結婚式ですか？」

涼さんが穏やかな目でそんな質問をしてきて、小さく頷いた。

「ええ。綾小路さんはお仕事かなにかですか？」

ためらいながら彼を名字で呼ぶと、優しい笑顔で訂正された。

「涼でいいですよ。綾小路って薫さんの周りにたくさんいるでしょう？　ちょっと学会があったんです」

「学会ですか。発表とかあるといろいろと準備もあるんでしょう？　大変ですね」

「まあ、仕事ですから。……ところで、もうひとりでは飲まない方がいいですよ。悪い男はいっぱいいます。僕を含めてね」

悪戯《いたずら》っぽく笑いながらそんな忠告してくる彼に、真剣に返した。

「涼さんは悪い男じゃないですよ。だって助けてくれたじゃないですか？」

医者というのもあるかもしれないけれど、こうしてそばにいてくれて動揺している私を落ち着かせようとしている。

それに、彼が女目当てじゃないとわかるから、触れられても鳥肌は立たない。

「下心がないとは言えない」

彼の口から意外な言葉が出てきて、思わず聞き返した。

「え？」

「ある意味、一番危険な男かもしれません」

どこか謎めいた微笑。その顔がとても美しくて見入ってしまう。

「さあ、そろそろ部屋に戻った方がいいですよ」

「そうですね」

バーももうすぐ閉店する時間だ。

椅子から立ち上がろうとしたら、足元が覚束なくて転びそうになった。

「キャッ！」

思わず小さく声をあげる私を、涼さんがすかさず抱き留める。

「危ない！　大丈夫ですか？」

「だ、大丈夫です。すみません」

心臓がなんだかバクバクする。謝りながら彼の胸に手をついて自力で立とうとしたけれど、どうしても身体がふらついた。

あれ？　あれ？　どうして？

「かなり飲んだみたいですね。部屋まで送ります。すみません、会計は部屋付けでお願いします」

涼さんが店員を呼んで彼の部屋番号を伝えたので、「待ってください」と声をかけたが、彼はスルーして私を子供のように抱っこする。

「ちょ……涼さん？」

大人になってからこんな風に抱っこされたことはない。

ビックリして声をあげる私に、彼が平然とした顔で言う。

「歩けないでしょう？　少し我慢してください」

少々パニックになっている私に構わず、彼はスタスタと歩いてバーを出る。

とんでもないことになってしまった……と思いつつも、抵抗せずにそのまま彼の肩につかまっていた。

これって現実に起こっていることなのだろうか。バーで副社長の弟さんに会って、抱っこされてるなんて……。秘書室のみんなが知ったら、きっと驚くに違いない。

……それにしても不思議だ。男の人は苦手なのに、涼さんだとこんなに密着しても、嫌な感じがしない。むしろ安心する。それにシトラス系のいい匂いがするし、あったかい。

——もうずっとこのままでいたい。このまま……。

「急に静かになりましたね。部屋の番号は？」

「……ん？　二〇一」

アルコールのせいかボーッとした頭で反射的に自分のマンションの部屋番号を答えると、彼がエレベーターの前で立ち止まって私を見据えてきた。

「ここのホテルの二階はレストランで、客室はないですよ。泊まってる部屋の番号は？」

もう一度聞かれるが、わからなくて聞き返してしまう。

「……部屋の番号？」

「かなり酔いが回ってきたみたいですね」

ハーッと溜《た》め息混じりの声で言って、涼さんはエレベーターに乗る。

酔って開放的な気分になったのか、ちょっと困惑した顔をしている涼さんがなんだかかわいく思えてクスッと笑った。

「私ね……副社長に憧れてたの。でも、副社長は真理ちゃんと結婚して……私も心から祝福してる。幸せになってほしい。だけど……」

ほろ酔いで敬語を使うことも忘れ、今まで誰にも言わなかった話をする。それは鍵をかけて心の箱に閉じ込めておいた私の思い。

「だけど？」

涼さんに穏やかな声で先を促され、正直に告げた。

「私の心だけ……どこか置いてけぼりになってる気がするの。おかしいよね？」

「おかしくないですよ」

優しい声で言われ、心の鍵がまたひとつ解除される。

「副社長は私よりふたつ年下だけど、とても紳士的で大人の男性に見えた。でも、尊敬して……憧れてた人が結婚して、夢から覚めたっていうか。自分には恋愛や結婚は無理だなって、改めて思うようになったの」

自分でも信じられないくらいこんなにペラペラ喋ってしまうのは、きっと彼が聞き上手だからに違いない。彼に話すと、重かった心がその分軽くなるような気がした。

「兄は全然紳士的じゃないですよ。それは演技です」

涼さんからつっこみが入り、おかしくてクスクス笑う。

「うん。親しい人はそう言うの。真理ちゃんは副社長が意地悪だって。私は副社長のことをなにも知らない。ある意味幻影を追ってる。ひょっとしたら、人と深く関わるのが怖いからかも……」

「どうして怖いんですか？」

自然な流れで聞かれ、ためらわずに答える。

「昔、付き合ってた彼がいたの。でも……浮気されて……リアルな男の人と恋をするのが怖くなっちゃった」

「なるほどね」

涼さんは小さく相槌を打つと、私を抱えたままポケットからカードキーを取り出してドアを開けた。いつのまにか部屋に着いたらしい。

「ここは涼さんの部屋？」

辺りを見回しながら涼さんに尋ねると、彼は「そうですよ」と返事をして、スタスタと歩いて大きなベッドに私を下ろした。

スイートルームなのか、ベッドが広い。間接照明がついているけど、部屋の中は薄暗かった。

「水飲みますか？」

私から離れる彼の首に両手を絡ませ、引き寄せた。

「いらないから、そばにいて……」

どうしてだろう。初めて会ったのに、彼には我儘《わがまま》を言ってしまう。

「……わかってますか？　僕も紳士じゃない。そんな風に煽《あお》られたら、手を出さずにはいられない」

それまで穏やかだった彼が、急に真剣な眼差しを向けてくる。

「手を出していいから、離れないで。お願い」

自分でもなにを言ってるんだろうと思った。でも、彼と離れたくなかったのだ。

ギュッと抱きついて懇願すると、彼が私の両腕を掴んで引き剥《は》がし、しっかりと目を合わせてきた。

「本当にわかってますか？」

「わかってる。お願い……今夜はひとりになりたくないの」

まっすぐに彼を見つめる。

ふしだらな女と思われるかもしれない。それでも彼といたかった。

彼に抱かれれば、少なくとも今夜は寂しい思いをしなくて済む。

「兄の代わりをするのは今夜だけですよ」

涼さんは一瞬私から目を逸《そ》らし、溜め息をつきながら告げた。

副社長の代わり……。そうなのかもしれない。

涼さんが副社長に似ていなかったら、自分から誘うような真似はしなかっただろう。

きっとこんな機会は二度とない。

「うん……」と返すと、涼さんが私の顎を掴んでゆっくりと口づけてきた。

冷たかった彼の唇が次第に温かくなって、私の身体もボッと火がついたように熱くなる。

いつの間にか彼にかけてもらったジャケットは、床に落ちていた。

彼はキスをしながら私のボレロを脱がすと、ドレスのジッパーを下げる。

普段気にしたこともないその音がとても大きく聞こえて、心臓がおかしくなりそうだった。

緊張からかじっとしていられず、私も涼さんを真似て彼のシャツのボタンに手をかける。

「結構積極的なんだ？」

クスッと彼が笑ってそんな質問をしてきて、ハッと手を止めて彼を見つめた。

「……嫌？」

初めてのことだし、急に不安になってきた。

少し恥じらいながら聞き返す私の下唇を、彼が甘く噛《か》んで告げる。

「いや。逆に燃える」

楽しげに目を光らせて私のドレスを脱がすと、彼はブラのホックを外して私の胸に直接触れてきた。

揉《も》み上げられて思わず、「あっ」と声が出る。

身体がぞくぞくする。

ずっと漫画でしか知らなかった世界。

こんなに感じるものなの？

もっと触れてほしい。もっともっと求めてほしい。

寝室が薄暗いせいか、裸なのに恥ずかしくなかった。

涼さんのシャツを脱がして、その均整の取れた美しい身体に触れる。

「私と全然違う。肌が……硬い」

胸板をぺたぺた触る私を見て、彼がおもしろそうに目を光らせた。

「子供みたいな感想だな」

「ひ、引き締まってるって言いたかったの」

初めてだとバレるのが嫌で、とっさに取り繕う。

処女を相手にするのは面倒だってなにかで読んだことがある。しかも、相手は初めて会った男性なのだ。愛なんてないのだから、自分の欲望を満たしたいはず。

「それはありがとう。もっと触れていいよ」

どこか楽しげな彼の言葉に戸惑いを感じた。

「え？　もっと……？」

どう触れるのが正解？

混乱する私の手を彼が自分の胸に押し当てる。

「薫さんが好きなように俺に触れていい……ん？　どうかした？」

少し驚いて涼さんを見つめていたら、彼が怪訝《けげん》な顔をする。

「俺って言った」

さっきまでは『僕』って言ってたのに……。

「ああ。これから抱くんだから、俺も遠慮はいらないかと思ってね」

ニヤリとする彼に、笑顔で返した。

「遠慮なんていらない。思い切り抱いて」

そうお願いすると、涼さんが「仰《おお》せのままに」と恭《うやうや》しく言って、私の首筋に唇を這《は》わせながら背中をまさぐってきた。

なんだか映画のワンシーンのよう。バーで初めて会った人とベッドで肌を重ねているなんて……。

私を抱いているのは、副社長の双子の弟——。

彼は副社長に瓜二つの顔をしているけど、やっぱり別の人だ。

なんていうか、涼さんの方が身近に感じる。

「綺麗だ」

彼が私の脇腹から胸へと指を滑らせながら褒める。

「あん……！　暗くてよく見えないのにわかるの？」

弓なりに身体を反らす私を見て、彼がフッと笑う。

「時間が経てば目は慣れてくる。薫さんの胸だってよく見えるよ。弾力があって、柔らかくて……俺の指にしっかりなじむ」

我が物顔で彼が私の胸を弄《もてあそ》ぶ。

「あ……あん！　やめて」

悶《もだ》えながら抗議すると、彼が私の耳元で囁《ささや》いた。

「褒めてるのにな」

低音のセクシーボイスが、私の脳をおかしくする。

「は、恥ずかしい。おもしろがってるでしょう？」

副社長と双子だから、私より年下のはず。なのに彼も私よりずっと大人に思える。

「ばれたか。かわいい人だな。積極的かと思えば、ウブで。そして、危なっかしい」

彼が私をじっと見つめてきて、ドキッとした。

「涼……さん？」

「約束してくれ。もうバーでひとりで飲むのはやめるって。俺みたいな悪い男に襲われるから」

向こう見ずな女って思われただろうか。なのに私の心配をしてくれるなんて優しい人。

「涼さんは悪い男じゃない。誘ったのは私」

涼さんの目をしっかりと見て訂正したら、彼が真剣な眼差しで告げる。

「そんなことはどうでもいいからちゃんと約束してほしい。もうひとりで飲まないって」

「うん。約束する」

ワンナイトラブなんて無茶な真似をするのも今夜だけ。

涼さんの目を見て返事をしたら、彼が甘く微笑んで口づけた。

「いい子だ」

彼は優しく私をベッドに押し倒し、覆い被さってきた。

「先に謝っておく。今夜は寝かせない」

彼の目が暗闇の中、キラリと光った。

その強気な発言とは裏腹に、彼が口と手を使って優しく私の身体に触れる。蕩《とろ》けるように甘くて、初めてだというのに、怖くなかった。

本当に愛されているんじゃないかって錯覚しそうなほど、彼は時間をかけて優しく私を抱く。

だからだろうか。肌を重ねることで、とても安心するのだ。

私はひとりじゃないんだって――。

彼が身体を重ねてきた時、すごく痛かったけど、女としての自分を取り戻したような気がした。

「もっと……」

少し顔をしかめて言ったら、彼が怪訝な顔をして動きを止めた。

「……薫さん？」

「なんでもないの。続けて」

ギュッと彼に抱きついてお願いする。ここでやめられたくはなかった。

「つらかったら言って」

私を気遣うように声をかけて、今度は慎重に身体を重ねてくる。

その動きを何回か繰り返し、私が慣れてくると、彼は激しく腰を打ちつけてきた。

互いに疲れ果てるくらい何度も何度も愛し合って、もう喉はカラカラ。

「ああ……ん！」と掠《かす》れた声で叫ぶ私を、彼がかき抱いた。

「薫さん」

彼が私の名前を呼ぶ。

その声が愛に満ちていたように聞こえたのは、私の気のせいだろう……か。

覚えているのはそこまで。

彼の肌の温もりを感じたまま意識を手放した——。

「……そう。強心薬を投与して。血中の酸素濃度が低下してたら、酸素吸入を。あとの指示は……」

副社長の声が聞こえてきてハッと目が覚めたが、頭がズキズキと痛む。

二日酔い？

まだボーッとする頭で起き上がり、目を何度か瞬いた。

「ここ……どこ？」

知らない部屋に、キングサイズのベッド。しかも……私は裸だ。

どうして……と考えようとして、昨夜のことを一気に思い出した。

バーで副社長の双子の弟に会って、彼と一夜を共にして……。

あの声は副社長じゃない。涼さんだ。

彼は隣の部屋で誰かと話している。聞こえてくる内容からすると、病院の関係者だろう。

急に心臓がバクバクしてきた。

あ～、酔っていたからといって、副社長の弟相手になにをやってるの！

彼に合わせる顔なんてない。早くここから出ないと……。

顔面蒼白になりながらベッドを下りて、床に落ちている下着を身につけ、ドレスを着る。

ジッパーを上げようとするが、最後まで閉まらなくて焦りを感じた。

「あー、こんな時になんで」

小声で毒づくと、そばに転がっていたパンプスを履き、バッグを拾い上げる。

急がなければ。彼はまだ電話をしている。

慎重にドアを開け、左右を確認し、足音を立てずに寝室を出た。

どうか涼さんが戻ってきませんように。

必死に祈りながらなんとか部屋を出ると、小走りでエレベーターに飛び乗った。

心臓発作を起こしそう。

寂しいからって、どうして自分から誘うような真似をしたの？

こんなこと生まれて初めてだ。

しかも相手はよりによって副社長の弟。大失態もいいとこ。

でも、今まで涼さんと顔を合わせたことはなかった。

彼はＡＹＮ商事の社員じゃないし、彼が勤務している病院に行かなければもう会うことはないだろう。

涼さんだって、昨夜は酔った私に仕方なく付き合ってくれただけ。

私のことなんてきっとすぐに忘れる。だから、私も忘れなきゃ。

自分の部屋に戻ると、荷物をまとめてホテルをチェックアウトした。

突然の訃報

「薫さーん、経営企画部の部長が、来週の水曜日に副社長の予定取れないかって」

電話の応対をしていた社長秘書の由美《ゆみ》ちゃんが、私に目を向ける。

彼女は私の六つ下の後輩。モデルみたいに手足が長く、ショートヘアがとても似合う、しっかり者だ。

「代わるわ」

由美ちゃんにそう言って受話器を取ると、「月城です。来週の水曜ですと、五時からでしたら三十分ほどお時間取れますよ」とにこやかに伝える。

神戸で副社長の弟とベッドを共にした次の週、私はいつものようにＡＹＮ商事の丸《まる》の内《うち》本社ビルで仕事をしていた。

《では、押さえておいてくれ。頼むよ》

経営企画部の部長の言葉に「はい」と頷いて電話を切ると、スケジューラーにすぐに予定を入力した。

副社長秘書の上杉《うえすぎ》さんは副社長のアメリカ出張に同行していて、今日の夕方帰国予定。その間の副社長のスケジュールの問い合わせは、彼に代わって私が任されている。

「薫さんてすごいですよね。秘書室の役員の管理、すべてできちゃうんですから」

私を羨望《せんぼう》の眼差しで見つめてくる長い黒髪のかわいい系の美人は、由美ちゃんと同じく六つ下の後輩の綾小路真理。副社長の奥さんで、現在妊娠五カ月。最近だいぶお腹がふっくらしてきた。

「私もさすがに上杉さんの代わりは無理ですね。できて、一日かな」

社長秘書の由美ちゃんがそんなコメントをすれば、髪を巻き髪にしている秘書室一のお洒落番長で常務秘書の小春《こはる》ちゃんが、「私は十分が限度です」と開き直った発言をする。

今月から新しく秘書室にやってきた真理ちゃんの後任の子も、その言葉に同調するようにうんうんと頷いている。

「大丈夫。慣れれば誰だって上杉さんの代わりはできるわ。私だって新人だった頃は電話取るのも怖かったのよ」

後輩たちにそんな話をすると、真理ちゃんがクスッと笑った。

「電話を怖がる薫さんて想像つかないですよ。いつも落ち着いていて、誰に対してもにこやかで……。ホント、私の理想です。もうすぐ会えなくなるのが寂しいなあ」

真理ちゃんは出産のため近々退職予定。本当はもう少し早く辞める予定だったが、『まだ体調もいいから』と副社長にお願いして、年末いっぱいまで仕事を続けることになった。

もっと彼女は働きたいようなのだけれど、副社長に説得されたらしい。お腹も目立ってきたから、副社長も大事な妻と子供になにかあったらと気が気じゃないのだろう。真理ちゃんはなにかと無理をする性格だから、副社長の判断は正しいと思う。

「いつでも秘書室に遊びに来て」

ニコッと笑顔を作ると、彼女も柔らかな微笑を浮かべた。

「うちにも遊びに来てくださいね」

そんな話をしてまた自分の仕事に集中しようとするが、週末の夜のことが頭をよぎる。

逞《たくま》しい腕。部屋に響く私の喘《あえ》ぎ声。彼の肌の熱。

互いに熱くなって……あの瞬間はすべてを忘れた。

あれは夢だったんだ。

自分にそう言い聞かせるも、記憶は鮮明だし、身体には彼が私につけたキスマークがまだ残っている。まるで俺のことは忘れるなって言ってるみたいだ。

ダメダメ。仕事に集中しないと。

自分を叱咤《しった》し、メールを処理していく。

いつものように慌ただしい時間が流れ、定時過ぎにアメリカ出張から帰国した副社長と上杉さんが現れた。

まず「戻りました」と笑顔で上杉さんが言えば、次に副社長が穏やかな声で帰国の挨拶をする。

「ただいま」

思わず見てしまうのはやはり副社長で、その姿に反射的にドキッとした。

それは私が神戸で涼さんを見た時と同じ感覚。

ボーッとしていたら、真理ちゃんに声をかけられた。

「薫さん、どうしました？」

「ううん、なんでもない。やっぱりふたりがいると安心感があるわよね。真理ちゃんが一番ホッとした顔してる」

いけない。真理ちゃんに変に思われる。

フフッと笑ってからかったら、彼女が恥ずかしそうに頬を赤くした。

「もう薫さん、からかわないでくださいよ」

ふたりでそんなやり取りをしていると、上杉さんが柔らかな笑みを浮かべ、大きな手提げ袋からお土産を出していく。今話題の高級チョコや、有名ブランドのスキンケアグッズ、日本未発売のコスメなどもある。

「これ皆さんで。副社長と僕からです」

上杉さんは髪をセンター分けにしているイケメンで、年は三十三歳。優しくて仕事もできて面倒見もいいから、みんなに頼りにされている。

女性陣がとびきりの笑顔で「ありがとうございます」と礼を言う。ふたりのチョイスだけあって、どれも素敵なお土産だった。

それからしばらくして、真理ちゃんは「真理、帰るぞ」と副社長に連れられる形で退社。副社長を見て微笑む真理ちゃんは、愛する夫に一週間ぶりに会えてとても嬉しそうだった。

他のメンバーも、「お先に失礼します」と言って、次々と帰っていく。

だが、私の仕事はまだ終わっていない。上杉さんの仕事を片手間にできるわけがなく、いろいろ後回しにしていた業務が溜まっていた。

「月城さんにいろいろ任せっきりになっちゃってごめんね」

メールを処理していたら、上杉さんが少し申し訳なさそうな顔で謝ってきたので、笑顔で返した。

「大丈夫ですよ。会長の担当だとわりとスケジュール落ち着いていますから」

会長は心臓に持病があり、出社されるのは週三日で、在宅でお仕事をされることも増えてきた。だから、空いている時間は、他の秘書のフォローに回っている。

「まあ月城さんなら楽勝だよね。秘書歴は僕より長いわけだし」

上杉さんは私のひとつ先輩だけど、秘書歴は私の方が長い。彼はもともと経営企画室にいて、社長に目をかけてもらって秘書室に異動になった。

「ねえ月城さん、会長は徐々に出社回数が減ってくるだろうし、どうかな？　副社長の第二秘書をやってみる気はない？」

思わぬ話に、つい声が大きくなる。

「副社長の第二秘書ですか？」

「これからますます副社長の仕事は増えるから、事務的に支えてくれる秘書が必要になるんだ」

上杉さんが副社長に知らせずにこの話を進めるわけがない。きっと副社長も了承しているはず。でも、『やります』とは言えなかった。

「すみません。ちょっと突然すぎて……。少し考えさせてもらってもいいですか？」

「もちろん。じっくり考えてね」

ニコッとして返す上杉さんに、真剣な面持ちで「はい」と頷いた。

上杉さんは私の居場所を作ろうとしてくれているのだろう。会長の出社が減っていけば、私はそのうちいらなくなる。だからといって、副社長の第二秘書なんて考えられなかった。

涼さんと同じ顔の副社長とずっと顔を合わせるなんて無理だ。落ち着いて仕事なんてできない。

心の動揺を隠しながらメールを見ていたら、机の上に置いておいたスマホがブルブルと震えた。

画面を見ると、福井にいる姉からの着信。メッセージではなく電話なんて珍しい。

席を立って秘書室の奥にある給湯室で電話に出ると、姉が開口一番に言う。

《薫、お母さんが危篤《きとく》なの。今すぐ帰ってきて》

「え?」

衝撃的な言葉を聞いて、頭が真っ白になる。

母は昨年肺ガンになり、抗ガン剤治療を受けていた。先週は大好きなお寿司を食べに行ったと姉から聞いていたのに、どうして?

《実は今投与している抗ガン剤が強すぎて……身体に合わなかったみたいで……薫も早くこっちに帰ってきて》

いつも落ち着いている姉が、かなり動揺していた。

「……わかった」

それから姉と二言三言言葉を交わして電話を切ったけど、自分でもなにを話したのかよくわからない。

呆然《ぼうぜん》としながら席に戻ると、上杉さんが心配そうに私に目を向けてきた。

「月城さん、どうしたの？　顔、真っ青だよ」

「母が危篤で……」

抑揚のない声で返したら、何事にも動じない上杉さんが珍しく声をあげる。

「ええ！　実家って福井だったよね？　早く帰りなよ。仕事の方は心配しなくていいから」

「でも、明日会長は来客があって……私が都内を案内しなくてはいけなくて……。それに会議室の手配とか、アジェンダの作成とか……」

気が動転していて、自分でもどうしていいかわからなかった。

「大丈夫。こっちでやるから」

上杉さんはそう言ってタクシーを手配する。

「今ならまだ新幹線出てる。早く」

彼に言われるままオフィスを出て、タクシーで東京駅に向かった。

スマホで新幹線のチケットを購入し、すぐに新幹線に乗ると、【今、新幹線で向かってる】と姉にメッセージを送る。

二歳上の姉は誰にでも優しく、才色兼備で男女ともに人気があり、中学、高校では生徒会の役員をしていた。東京の有名薬科大を卒業後は地元で薬剤師になって、高校の同級生だった医師と結婚し、今は七歳の息子がいる。家も実家に近く、近所でも親孝行な娘だと評判だ。

一方私は、華々しい姉とは対照的に勉強は中の上くらいで、中学、高校時代は図書委員や美化委員といった地味な委員をしていて、クラスでもあまり目立たない存在だった。大学は母に負担をかけたくなくて猛勉強して地元の国立大に通い、それから上京してＡＹＮ商事に就職したけれど、大学時代の彼の浮気がトラウマで三十を過ぎてもいまだに結婚の予定はなし。

地元で就職しなかったのは、姉へのコンプレックスと、大学時代の彼氏の浮気が原因。誰も私を知らない土地でもう一度人生をやり直したかったのだ。

だから実家は私にとっては居心地の悪い場所。母は口を開けばいつも姉のことを自慢するから、帰省するのが苦痛だった。最近は帰るたびに姉の家族がいるので、帰省しても母の体調を確認してすぐに東京に戻る。長居すると母だけでなく、姉にまで結婚しろとうるさく言われるから。

年末の帰省もどうするか悩んでいたけれど、こんな形で帰ることになるなんて思ってもみなかった。

三時間ほどで福井に着き、タクシーで母が入院している病院へ向かう。

十分ほど乗っていると、『野田《のだ》総合病院』という大きな看板が見えてきた。姉の夫の実家が経営し、質の高い医療サービスを提供している福井でも有名な大病院だ。義兄はその御曹司で、内科医として働いている。

どうか、間に合いますように——。

手を組んで必死に祈る。

姉が返信してきたメッセージでは、母は今ＩＣＵにいるとのことだった。

タクシーが病院の前で停車し、支払いを済ませて病院に駆け込むように入り、ＩＣＵへ——。

扉を開けて中に入ると、姉の息子の蒼介《そうすけ》くんが私に気づいて抱きついてきた。

「薫姉ちゃん！」

少年ながらもキリッとした目に、サラサラの黒髪。漆黒のその目は涙で潤んでいた。

叔母というよりは姉のように見えるからと、蒼介くんは私を『薫姉ちゃん』と呼ぶ。

現在七歳の彼は今年の夏に会った時よりも少し大きくなっていて、子供の成長の早さに驚くと同時に、やがて人は老いて死んでいくんだとたくさんの管に繋《つな》がれて奥のベッドに横たわっている母を見て痛感した。

「蒼介くん……」

名前を呼んだものの、言葉が続かない。

「こっち来て」

今にも泣きだしそうな顔をしている蒼介くんに手を引かれてベッドまで行くと、母の手を握っていた姉の雅《みやび》が私に目を向けた。沈痛なその表情から、母はもう助からないんだと悟った。

その隣には白衣姿の姉の夫の京介《きょうすけ》さんもいて、私に優しく声をかける。

「薫ちゃん、間に合ってよかった。お義母《かあ》さんに声をかけてあげて」

「お母さん、薫が来たよ。ほら、薫」

姉も促してきて、コクッと頷いて私も姉の手の上から母の手をギュッとした。

「お母さん、帰ってきたよ」

ずっと心配かけてごめん……とか、言いたいことはたくさんあったけど、言葉がなかなか出てこない。

でも、私の声が母には聞こえたのか、「か……薫……おか……えり」とか細い声で言って微かに手を握り返す。それが最期の言葉だった。

手から力が抜けたかと思ったら、本当にスーッと息を引き取って、病室にいた母の担当医師が母の死亡宣告をして……。

姉は泣き崩れていたけれど、私はショックで呆然としていた。

「お母さん……ずっと薫のこと呼んでたの。きっと薫が心配だったのよ」

姉が泣きながら危篤時の母の様子を伝える。

まだ母の死を受け入れるのに時間がかかっていて、「……そう」としか返せなかった。

「お義母さん、苦しまずに逝《い》ったよ。薫ちゃんに会えてきっと嬉しかったと思う」

その義兄の言葉が心に沁《し》みてきて、ようやく涙が出てきた。

義兄はガッシリとした体格だけど、柔和な顔立ちで性格も穏やかで、姉も素敵な人と結婚したと思う。

立っているのもつらくなって、しゃがみ込みながら、「お母さん……」とむせび泣いていたら、蒼介くんが私の頭を優しく撫でてくれた。

「いっぱい泣いたら、天国に行けるんだって。友達が言ってたよ」

彼も泣いていたけれど、私のことが心配だったのだろう。パパとママに似てとても優しい子だ。

「……うん。そうだね」と頷いて、彼と一緒に涙が枯れるまで泣いた。

母の手が冷たくなってもまだ握りしめて……。

私は姉のような自慢の娘ではなかった。『お姉ちゃんを見習いなさい』が母の口癖《くちぐせ》で、あまり褒められた記憶がない。

姉は大病院の御曹司と結婚して子供も産んだのに、私は三十過ぎても独身で母は呆《あき》れていたっけ。田舎だと、早く結婚して子供を産むのが女の幸せだと思われている。

私は親不孝な女。結婚もせず、母にずっと心配をかけて……。

お母さん、ごめんなさい。

もう目を開けない母に、何度も何度も謝った――。

その夜は病院の隣にある姉夫婦の家に泊まった。

次の日は通夜、その次の日は葬儀と決まった予定をこなしていく。

空き時間に会社に連絡を入れるが、由美ちゃんに《こっちは大丈夫ですから、心配しないでくださいね》と言われ、すぐに電話を切る。

ずっと仕事一筋で生きてきたのに、私がいなくてもなにも問題がないことに少し寂しさを感じた。

葬儀を終えると、姉と話し合い、実家を処分することにした。帰る家がなくなるのは寂しいけれど、維持するにはお金もかかるし、空き家にするのは物騒だ。

とりあえず実家の自分の荷物だけ整理していると、蒼介くんがお手伝いをしにふらっとやってきた。

「薫姉ちゃんは、また東京に戻っちゃうの？」

「うん。明日戻るつもり」

昔使っていた本をまとめていた手を止めて言うと、彼が少ししょんぼりした顔をする。

「そっかあ。こっちで暮らせばいいのに」

「うーん、このお家は処分するから、もうお姉ちゃんの部屋はなくなっちゃうんだよね」

「だったらうちに住めばいいんだよ。うちにお部屋いっぱいあるよ」

義兄の家は一戸建てで広いが、私が住むのはいくらなんでも図々しすぎる。

「考えとくね」

はっきり無理と言うのは可哀想だったので曖昧《あいまい》に返すと、段ボール箱を持ってきた姉も蒼介くんと同じようなことを言う。

「薫、こっちに戻ってきたら？　うちで暮らせばいいじゃない」

地元の人間は、戻ってくれればそれでなんでも解決すると思っている節がある。

「こっちに戻ってきてもやりたい仕事はないから」

苦笑いしながら断るが、姉は話を続ける。

「でも、このまま一生独身でいるつもり？　老後とかどうするの？」

「貯金はそれなりにしてるから。結婚したって老後が約束されてるわけじゃないもの。お姉ちゃんみたいに素敵な旦那さまと結婚できるとは限らないのよ」

田舎で三十過ぎて未婚だと、周囲の視線が痛いし、戻りたくない。結婚して子供がいて当たり前の土地。自分が育った場所なのに、ここに住むのは息苦しく感じる。

「京介の知り合いにいい人がいるみたいなのよ」

姉が食い下がるが、頑《かたく》なに拒否した。

「そういうの。いいから」

涼さんのことがあったのに、他の人と結婚だなんて考えられない。すぐに気持ちを切り替えられるほど器用じゃないし、やはり結婚するなら好きになった人と結ばれたかった。

「だったら好きにしなさい」

私を見て姉が溜め息をつき、その場の空気が悪くなったが、蒼介くんが話に入ってきてニパッと笑う。

「ねえ、じゃあ僕が薫姉ちゃんと結婚してあげる」

「蒼介くん、ありがとう。でもね、残念だけど、蒼介くんとは血が繋がっているから結婚できないの」

私の話を聞いても、彼は明るい笑顔で励ましてくれる。

「そっかあ。じゃあ、僕がお医者さんになって、薫姉ちゃんの面倒を見てあげるよ」

お医者さんか。涼さんも……心臓外科医。

母が亡くなったというのに、医者と聞いてすぐに涼さんを連想してしまう自分に呆れる。

「薫姉ちゃん？　どうしたの？」

怪訝な顔をする蒼介くんを見て、彼の頭をクシュッと撫でた。

「ううん。なんでもない。頼りにしてるね」


「薫さん、顔色悪くありません？」

真理ちゃんが郵便物を整理していた手を止めて、私に目を向ける。

「気のせいよ。それとも福井でスキンケアサボっちゃったからかな。三十過ぎるといろいろお手入れ必要なのよ」

エナジードリンクを飲んで元気になったつもりでいたけれど、やはり疲れは隠せていないようだ。

自虐的に笑ってそう返したら、お洒落《しゃれ》にうるさい小春ちゃんがうんうん頷いた。

「そうですよ。三十前でお肌の曲がり角来ちゃいますからね」

その回答は、私の読み通り。

「うーん、小春ちゃん、そこは否定してほしかったわ」

クスクス笑って返して仕事を続ける。

母の葬儀の後、東京に戻ってきた私は、仕事に追われていた。一週間分の仕事が溜まっているのだ。

今朝だっていつもより一時間早く来たけれど、もう夕方の六時になるのにメールを全部見終わっていない。会議室や会食の手配など、至急のものはすぐに手配したが、まだまだ業務は残っている。

定時を過ぎると、秘書室の面々が「お先に失礼します」と言って次々と帰りだした。

「薫さん、なにか手伝いましょうか？」

もうデスク周りを片付け始めた由美ちゃんが、私を気遣って声をかけてきた。

「ありがと。あともうちょっとで終わるから」

本当は深夜までかかりそうだが、ニコッと笑って嘘をつく。そうでもしないと優しい後輩は帰らない。

「そうですか？　あまり無理しないでくださいね」

バッグを持って秘書室を後にする彼女に、笑顔で手を振る。

「うん。お疲れ」

彼女の姿が見えなくなると、パソコンの画面に視線を戻した。

お昼もおにぎり一個しか食べていないせいか、目が霞《かす》む。身体がダルくて仕方がなかった。考えてみたら、母が亡くなってからまともに寝ていない。身体は疲弊しているのに、全然眠れないのだ。

姉はいるけど、母が死んで自分はひとりになったんだって、時が経つにつれてじわじわと感じる。これが喪失感というものだろうか。

もう私には帰る家もない。親も恋人もいない寂しい女。

仕事があるうちはまだいい。でも、私が不要になったら?

上杉さんが言っていたように会長の引退は近いだろう。でも、副社長の秘書にという話を受けることはできない。そうなると、私は秘書室では不要になって、どこか他の部署に異動になる。

だけど、この温室のような居心地のいい場所を離れるのはつらい。今さら他の部署に異動しても今のようにうまくやっていく自信がなかった。かといって、安易に転職もできない。

ああ……いけない。考えるな。仕事が溜まってる。集中しないと。

首を左右に振って再びメールに目を通していたら、副社長に同行していた上杉さんが戻ってきた。

「まだ仕事をしてたんですか?」

咎《とが》めるように言われて、思わず苦笑いする。

「すみません。休んだ分、メールがすごい量になってて」

きっと上杉さんならもう処理を終えているだろう。

「あまり無理しないでくださいよ」

優しい言葉をかけてくる彼に、笑顔を作って返した。

「はい。上杉さんも戻ってきたし、気分転換にお茶でも淹《い》れますね」

椅子から立ち上がろうとしたら、クラッと目眩《めまい》がした。

「月城さん、どうかした？」

心配そうな声で名前を呼ぶ上杉さんに、反射的に返す。

「だ、大丈夫です。ちょっと……立ち……くらみ……」

頭がズキズキして、視界も真っ暗。しかも、キーンと耳鳴りがする。

あれ？　……おかしい。

一体なにが……と考えると同時に、身体がぐらついて……。

「月城さん！」

上杉さんが叫ぶ声が聞こえたが、どうすることもできず、そのまま意識を手放した。

透明感のある彼女　―　涼side

「患者は？」

ＥＲに呼ばれて、看護師に声をかける。

「あっ、綾小路先生、手前の処置室にいる女性です」

「ありがとう」と礼を言って処置室に入り、手を消毒して手袋をはめ、カルテに目を通した。

患者は八十代の女性で心肺停止状態。スーパーで買い物中に倒れて、うちの病院に救急搬送されたらしい。

「吉田《よしだ》さん、僕の声が聞こえますか？」

患者の肩を叩きながら反応を確認するが、返事はない。

「吉田さん」とまた何度も呼びかけながら心肺蘇生をしても、呼吸は止まったままで、アドレナリンを投与する。

戻ってこい。戻ってこい。

心の中でそう言いながら心肺蘇生を続けると、心電図モニタからピコンと音がした。

脈が触れた。心拍再開——。

「よし、戻った」

モニタを確認しながら呟き、胸が上下に動いているのを見て、看護師に指示を出す。

「呼吸を確認して！」

看護師が患者に顔を近づけて、俺に「呼吸音あります」と報告する。血圧も確認したら七十あって、看護師に告げた。

「ICUに運んで家族に連絡を」

ひとまずフーッと息を吐いて気を緩めると、処置室の前を通りかかったERの医師に声をかけられた。

「さすがわが病院が誇る天才外科医。世界の名医百選に選ばれてるし、的確な処置だなあ」

「おだてないでください。ERではよくある処置ですし、僕なんてまだまだひよっこですよ」

苦笑いしながら返したら、その医師にバシッと背中を叩かれた。

「綾小路先生がひよっこなら、俺は卵だな……って、あっ、看護師が呼んでる。じゃあ、また」

ERの医師は急に表情を変え、処置室の向かい側にあるCT室に入っていく。その後ろ姿を見送りながら、ポツリと呟いた。

「息つく間もないな」

俺は綾小路涼。三十歳の心臓血管外科医。

父は日本最大の総合商社――AYN商事の社長。双子の兄の悠はその副社長をしているのに、なぜ、俺はAYN商事に入らなかったか。それは……兄に勝てないというのが一番の理由だ。

同じ日に生まれた悠は勉強においても、スポーツにおいても、俺の一番のライバルだった。

医者を選んだ理由は、ちょうど将来のことで悩んでいた時期に靭帯《じんたい》を怪我したから。中学三年の校内のスポーツ大会で、俺はバスケで悠のクラスと対戦。バスケ部の主将だった悠と競って無理をした結果、靭帯を切った。試合にも負けて、怪我もして、なにをやっても俺は悠に勝てないんだと落ち込んだ。

その時、俺の足を治療してくれた医師は怪我だけでなく、俺の心までもケアしてくれた。

『負けたっていいじゃないか。また次勝負すればいい。人生長いんだから。それに、君がお兄さんに勝るものだって必ずあるよ』

その言葉が俺を救ってくれた。ずっと悠に勝たなくてはいけないとムキになっていたんだ。

それから俺は俺、悠は悠……と考えられるようになって、父が長男である悠を後継者に選んでも、落ち込みはしなかった。

俺には俺の人生がある。医師になって先生みたいに人を救う仕事もいいなって——。

だが、医師というのは責任の重い職業。仕事とはいえ、人の死と向かい合うのは容易ではない。

救急の場では、どんなに手を尽くしても救えなかったり、ただ死亡宣告をするだけの患者も少なくない。だから、救える命は全力で治療にあたる。

手袋を外して処置室を出ると、隣の処置室に若い女性が運ばれてきた。

それは十日ほど前に、神戸で一夜を共にした薫さんで……。

「この患者は？」

運んできた救急隊員に尋ねたら、「仕事場で急に倒れたらしいです」という答えが返ってきた。他にも患者が運ばれてきて、そばにいた看護師が俺に声をかける。

「綾小路先生、ＥＲの先生はバスの追突事故で運ばれてきた患者さんたちの処置に追われていて――」

「わかった。僕が診るよ」

薫さんのいる処置室に入りながら、看護師に返事をする。

「薫さん、ここがどこかわかりますか？」

青い顔をしている薫さんに近づいて声をかけ、手首に触れた。

「う……ん？」

俺の呼びかけに彼女が反応する。

顔と頭部に外傷はない。脈も正常だ。

「薫さん、ちょっと口の中を見るよ」

彼女の口を開けさせるが、異常はない。顔をじっと見ると、目の下には隈ができていた。十日前に会った時よりも、かなり痩せた気がする。

「薫さん、どこか痛かったり、苦しかったりする？」

呼びかけると、彼女がうっすら目を開けた。

「涼……さん？」

「そう。涼だよ。どこか痛いところはある？」

薫さんに確認するが、彼女はすぐに目を閉じてうわ言のように呟く。

「頭……痛い。気持ち……悪……」

念のため頭部のCTも撮り、他にも血液検査などをして、下した診断は栄養失調と睡眠不足。

とりあえず重篤な病気でなくてよかった。

「病室に移して、生食とブドウ糖を投与してください」

ホッと胸を撫で下ろしながら看護師に指示を出すと、薫さんを見据えた。

どうしてこんなに痩せてしまったのか。

彼女と出会った夜のことが蘇《よみがえ》ってくる。


あの夜は神戸のホテルで学会があって、知り合いの医者たちとバーで飲んでいた。

すると、少し離れた席で、女性がひとりで飲んでいるのが目に入った。

結婚式の披露宴があったのか、ラベンダー色のドレスを着ていて、窓から見える神戸港をじっと眺めている。

その姿がどこか儚げで美しくて、気になっていた。

綺麗な女性なんていくらでもいるが、なぜか他の医者と話していても、彼女を見てしまう。いつか闇に溶けて消えてしまうんじゃないかって危うさがあったし、それに……俺が密かに思っていた女性に似ていた。

しばらくして俺たちのグループはお開きになって、椅子から立ち上がったら、彼女が男にしつこく絡まれているのに気づいた。

『や、やめて……』

彼女が膝に置かれた手を振り払おうとしても、その男はさらに不快な行動に出る。

『男を待ってたんだろう？』

彼女の太ももを我が物顔で撫で回す男を見て、とっさに身体が動いた。

『……嫌』と細い声で抵抗している彼女を助けようと、男の手を強く掴んで持ち上げた。

『痛てて！』と顔をしかめて声をあげる男を見据え、警告する。

『彼女、嫌がってるじゃないか。警察を呼んでもいいんだぞ』

俺の脅しが効いたのか、男はあたふたしながらこの場から逃げ去る。男の姿が見えなくなると、彼女に声をかけた。

『大丈夫ですか？』

顔が青白い。

彼女がすぐに返事をしなくて、もう一度優しく声をかける。

『あの……大丈夫ですか？』

彼女は瞬きもせず、俺をじっと見つめていた。

男に触れられたショックか？

職業柄そんな分析をしていると、彼女が慌てた様子で返事をする。

『あっ、はい。大丈夫です』

全然大丈夫に見えない。

『ちょっと顔色が悪いですね。すみません、水をください』

そばを通りかかった店員に水を頼み、自分のジャケットを脱いで彼女の肩にかけた。

彼女はすぐに返そうとしたけど、『着ててください。とりあえず水を飲んで落ち着きましょう』と言って、店員が持ってきた水を彼女に飲ませた。

すると、彼女がなにか信じられないものを目にしたかのように、俺をじっと見て尋ねる。

『あの……副社長がどうして神戸に？　出張でアメリカにいるはずでは？』

その言葉を聞いて、俺を兄の悠と勘違いしているのだとわかった。

それは珍しいことではない。一卵性の双子であるが故に、小さい頃からよく兄と間違えられてきた。お互い成人した今も、『悠』と兄の名で呼ばれることがある。

『ああ。ひょっとしてAYN商事にお勤めですか?』

紳士的に微笑んで逆にそう質問したら、彼女が少し混乱した様子で頷いた。

『……はい』

『よく間違われるんです。僕は綾小路悠の双子の弟の涼と言います』

自己紹介して名刺を渡すと、彼女は俺の存在は知っていたようで、まじまじと俺を見ながら謝罪した。

『副社長の弟さんだったんですね。すみません。間違えてしまって。私はAYN商事で会長秘書をしている月城薫と言います』

その名前には聞き覚えがあったし、彼女の顔をじっと見て確信する。

……やっぱり銀座《ぎんざ》で見かけたあの人だ。

実は三カ月ほど前、彼女が酔っ払いに絡まれた同僚を助けているところにたまたま遭遇した。

あの時はすぐに酔っ払いが去って俺の出る幕はなかったが、気丈に振る舞っていた彼女のことがずっと忘れられなかったのだ。

『ああ。あなたが薫さん。義姉から優しい先輩だって話をよく聞いているんですよ。綺麗なのにとってもかわいい人だって』

兄の奥さんからよく聞く名前で、姉のように慕っている感じなのでどんな人かと思っていたけど、彼女を見て納得した。義姉の言う通り、綺麗でとてもかわいい人だ。

薫さんが同僚を助けた時、酔っ払いの前では強気に見せていたが、無事に追い払うとしゃがみ込んで『あ～、怖かった』と震えていて、人のためなら無茶をする彼女に惹かれて忘れられずにいた。

『ぜ、全然そんなことありませんよ』

少し頬を赤くして否定する薫さんがかわいい。確か義姉が六つ年上と言っていたから俺よりも年上のはずなのだが、こうして話してみると年下のような印象を受ける。

それに、自分がどんなに魅力的で男の注意を引くかわかっていないようだ。

『……もうひとりでは飲まない方がいいですよ。悪い男はいっぱいいます。僕を含めてね』

少し互いの話をして薫さんがリラックスしたところで、彼女にそれとなく注意する。

『涼さんは悪い男じゃないですよ。だって助けてくれたじゃないですか？』

彼女がとても無邪気に言うものだから、男としての本音を口にした。

『下心がないとは言えない』

『え？』

キョトンとした顔をする薫さんに、自分にも言い聞かせるように告げる。

『ある意味、一番危険な男かもしれません』

俺がひとりで飲んでいる彼女の存在に気づいてなければ、こんなにタイミングよく助けに入ることはできなかっただろう。

ここで会えたのはなにか縁があるのかもしれないが、今夜は口説かず紳士的に別れるのがベストだ。彼女だってメガネの男に言い寄られてまだ少し動揺しているはず。

兄の会社の社員だとわかったわけだから、また出会うチャンスはある。

『さあ、そろそろ部屋に戻った方がいいですよ』と声をかけて、酔って足元が覚束ない薫さんを部屋に送ろうとバーを出るが、『部屋の番号は？』と聞いてもすんなり答えてくれない。

『……ん？　二〇二』

『ここのホテルの二階はレストランで、客室はないですよ。泊まってる部屋の番号は？』

優しく聞き返しても、彼女は眠そうな声で同じ番号を繰り返す。

『……部屋の番号？』

『かなり酔いが回ってきたみたいですね』

やれやれと、思わず溜め息をつく。

仕方なく自分の部屋へ向かうと、彼女が俺にギュッと抱きついてきた。

『私ね……副社長に憧れてたの。でも、副社長は真理ちゃんと結婚して……私も心から祝福してる。幸せになってほしい。だけど……』

突然の告白。だが、こういうのは初めてではない。

兄に思いを寄せても相手にされず、俺のところに来た女性は今まで何人もいた。

兄の代わりにされたら不快に感じるはずなのに、今回は『だけど？』と穏やかに声をかけて続きを聞く。

『私の心だけ……どこか置いてけぼりになってる気がするの。おかしいよね？』

笑って言っているが、その声はどこか寂しそうに聞こえた。

バーでひとりで飲んでいた彼女が儚げに見えたのも、兄に報われない恋をしているからかもしれない。

まあ、当然だよな。憧れている相手が後輩と結婚して、目の前でその幸せな姿を見せつけられているのだから。職場が同じでなければこんなに傷つくことはなかっただろう。

『おかしくないですよ』

『副社長は私よりふたつ年下だけど、とても紳士的で大人の男性に見えた。でも、尊敬して……憧れてた人が結婚して、夢から覚めたっていうか。自分には恋愛や結婚は無理だなって、改めて思うようになったの』

　薫さんが悠を褒めるものだから、すかさず訂正した。

『兄は全然紳士的じゃないですよ。それは演技です』

　義姉は婚約前から知っていたようだが、悠は小さい頃から俺様気質だ。

『うん。親しい人はそう言うの。真理ちゃんは副社長が意地悪だって。私は副社長のことをなにも知らない。ある意味幻影を追ってる。ひょっとしたら、人と深く関わるのが怖いからかも……』

　酔っているせいか、彼女は饒舌《じょうぜつ》だった。

　スラスラ言葉が出てくるのは、それだけ悠のことで悩んだからじゃないだろうか。

『どうして怖いんですか？』

『昔、付き合ってた彼がいたの。でも……浮気されて……リアルな男の人と恋をするのが怖くなっちゃった』

　よくある話だ。俺も母が俺たち兄弟を捨てて出ていったから、女性不信になって、三十を過ぎても独身。

女性と何度か付き合ったことはあるが、最初は悠目当てというのが多かったから、心から気を許せる相手ではなくて、一カ月も経たないうちに自然消滅した。

薫さんは浮気をされてショックを受けたから、芸能人に夢中になるように自分の会社の御曹司である悠に憧れを抱いたというところだろうか。

仕事もできて、優しい紳士を演じている悠に憧れている女性社員は多いと義姉から聞いている。

『なるほどね』

薫さんの話に頷いたところで部屋に着いたので、ドアを開け、寝室のベッドに彼女を下ろした。

『水飲みますか?』と聞くと、彼女は俺の首に両手を回して、顔を寄せてくる。

『いらないから、そばにいて……』

多分素面《しらふ》だったらそんな言葉は口にしなかったと思う。彼女は見るからに男慣れしていない。

普通の女なら『おやすみなさい』とその手を外して相手にしなかっただろう。医者という職業柄言い寄ってくる女はたくさんいる。

しかし、薫さんは俺が初めて心惹かれた女性だっただけに、軽くあしらうことができなかった。

『……わかってますか？　僕も紳士じゃない。そんな風に煽られたら、手を出さずにはいられない』

薫さんを見据えて真剣に伝えると、彼女が強く俺に懇願してきた。

『手を出していいから、離れないで。お願い』

悲痛な声。

俺の理性は手を出すなと警告しているが、それを無視した。

『兄の代わりをするのは今夜だけですよ』

薫さんは俺を通して悠を見ている。はっきり言って兄の代わりなんてやりたくない。

だが……今ここで薫さんを拒絶することはできなかった。

一目惚れした女性と再会できて、気持ちが抑えられなくなっている。

悠の代わりなんて絶対に嫌なのに、あっさり受け入れるのだから――。

薫さんが『うん……』と返事をすると、彼女の唇に自分の唇を重ねた。

柔らかなその唇に触れた瞬間、胸になにか苦い思いが流れ込んでくる。

それでも彼女に触れずにはいられなかった。

たとえ悠の代わりだろうと、ただただ薫さんが欲しかったんだ。

彼女は言わなかったけど、処女だった。少し驚いたが、やめなかった。止められなかったと言った方が正しいかもしれない。その代わり、彼女を慈しむように抱いた。

初めて惹かれた人だから、大事にしたかったんだ。

もう悠のことは考えずに彼女と愛し合って……いつの間にか眠っていた。

朝、薫さんが起きたらじっくり話をしようと思っていたのに、俺が病院からの電話に対応している間に、彼女は消えていた——。

『……いない』

彼女が消えたベッドを見て、呆然とする俺。

ショックで、言いようのない喪失感が俺を襲う。

昨夜のことは幻だったのだろうか？

彼女が寝ていた場所に手を触れると、まだ温かかった。

あれは夢でも幻でもなかった。彼女と俺は確かに愛し合ったんだ。

ひょっとしたら彼女は、俺と一夜を過ごしたことを後悔しているのかもしれない。

『せっかく会えたのに、逃げられてしまった』

自嘲《じちょう》気味に呟いて髪をかき上げたその時、ベッドの下に彼女のボレロが落ちているのに気づいた。

『……まるでシンデレラだな』

屈んでボレロを手に取ると、ギュッと握りしめた。

このボレロが、俺に忘れるなと言っている。

絶対に彼女を逃さない。なんとしてでも俺のものにする。

幸い彼女の身元もわかっているし、東京に戻ったら会いに行こう――。

そう心に決めたが、ずっと働きづめでなかなか時間が取れなかった。

早く会いに行きたいと思っていたある日、薫さんが救急で運ばれてきた。

こんな偶然は滅多にない。この機会を逃すな。

彼女とあの夜のことをちゃんと話さなければ。

薫さんの肌の熱も、唇の柔らかさも、俺の身体はしっかり記憶している。この十日間、彼女を思い出さない日はなかった。

「薫さん、また後で」

小声で言って彼女の頭をそっと撫でると、処置室を出た。

すると、救急の出入り口の近くに知った顔があって……。

「上杉さん?」

悠の秘書がいて声をかけると、スマホを見ていた彼が顔を上げた。

「……涼さん。救急の方にいらしたんですね。こちらにうちの秘書室の女性が運ばれたんですが、どうなったかわかりますか？」

いつもにこやかな彼だが、今日は少し疲れて見えた。

上杉さんは、悠の秘書をしているから面識がある。

彼は、悠が信頼する敏腕秘書。柔和な顔をしているが、あの俺様な悠に説教することもあるらしい。

「月城薫さんですね？　たまたま居合わせて僕が診ました。栄養失調と睡眠不足で倒れただけなので、大丈夫ですよ」

ニコッと笑って安心させると、彼が安堵した表情になる。

「よかった。オフィスで急に倒れたもので……。恐らく先週母親を亡くされて食欲もなかったんだと思います」

彼の話を聞いて驚いたが顔には出さず、小さく相槌を打った。

「そうですか。今後の治療については彼女と相談して進めていきますし、今日はこのまま一日入院してもらいますから、上杉さんはもう帰っていただいていいですよ」

母親を亡くして、精神的に相当なダメージを受けたはず。それで痩せてしまったのだろう。

「ありがとうございます。体調が戻るまでは休んでもらうようにします」

上杉さんがペコッと頭を下げると、俺も軽く会釈して、心臓血管外科の病棟に戻り、デスクワークをした。

午後十時過ぎに仕事を終え、すぐに家には帰らず薫さんの病室に向かう。仕事をしつつも、ずっと彼女のことが気になっていたのだ。

薫さんの病室のドアを開けようとしたら、女医が出てきた。

「あら綾小路先生、どうして内科の病棟に？」

小柄で艶《つや》のある黒髪が印象的な彼女は、俺の大学の一年後輩でうちの病院で内科医をしている橋本早紀《はしもとさき》。

真面目で勉強熱心なのだが、あまり感情を顔に出さないので冷淡な人間に思われがち。彼女の父親は、俺がいる心臓血管外科の部長だ。

「ここの患者、僕の知り合いなんですよ。ちょっと気になって」

笑顔を作って答えると、彼女が遠慮がちに質問してきた。

「そうですか。ぐっすり眠ってましたよ。あの……ご友人ですか？」

人に関心を持たない彼女が掘り下げて聞いてくるなんて珍しい。

「友人ではないのですが、まあ大事な人なので」

にこやかに返して薫さんの病室にそっと入る。もう消灯時間は過ぎていて、ついているのはフットライトだけ。

コツンコツンと靴音を立てながら部屋に入り、彼女が寝ているベッドに向かう。

薫さんは眠っていた。頬に触れても、目を覚ます様子はない。それだけ衰弱しているということ。

だが、うちの病院に運ばれたのはよかった。俺が直接力になれる。

「早く元気になって」

そう告げると、彼女の額にそっと口づけた。


次の日は朝一番に薫さんの病室に行った。

ドアを開けて中に入り、ベッドに近づくと、彼女が「う……ん」と寝返りを打つ。

しかし、なにか違和感に気づいたのか、うっすら目を開けた。

「起きた？　薫さん？」

顔を近づけると目が合ったけど、状況がわからないのか、何度も目を瞬く。

「涼……さん？」

「そうだよ。おはよう、薫さん。気分はどう？」

薫さんに体調を聞くと、彼女は俺の質問に答えずに上体を起こそうとする。

「ここは……?」

「急に起き上がらないで。ここは俺が勤務している病院。オフィスで倒れて運ばれてきたんだ」

俺がそう説明するが、彼女はまだ完全に頭が働いていないのか、少しボーッとした様子で呟く。

「倒れた……?」

「栄養失調と睡眠不足。神戸で会った時よりも痩せたね」

あえて最初に会った夜のことを持ち出すと、彼女は少し気まずそうな顔をしつつも急に起き上がって明るく振る舞う。

「き、気のせいよ。全然元気だから」

母親が亡くなってつらいだろうに、彼女は平気な振りをする。

酔っ払いから同僚を助けた時だってそうだった。

自分のことは後回しで、人のことを気遣う。そんな彼女だから俺は惹かれた。

「いや、元気じゃないから倒れたんだよ。もっと自分を大切にしないと。上杉さんが病状を知ってるし、兄にも伝えてあるから会社のことは心配はいらない」

兄には昨夜のうちに薫さんが倒れたと連絡しておいた。義姉が彼女と同じ職場にいるので、知っておいた方がいいと思ったのだ。

「ありがと。でも、今すぐ退院して仕事だってできるよ」

気力だけはあるのか、彼女がとんでもないことを言い出したので、思わず素で怒った。

「身体が回復するまで仕事はダメだ」

「本当に平気なの。寝不足だっただけ。一晩寝て回復したから」

頑なにそう言い張る彼女に、少し冷ややかな視線を向けた。

「だったら、立てる？」

「そんなの簡単……あっ！」

彼女はベッドを出て証明しようとしたが、まだ体力がないせいか足がもつれた。

「危ない！」と、すかさず薫さんを支え、ベッドに戻す。

「これでわかった？　今の薫さんは病人なんだよ」

結構強情。だけど、彼女はずっとこんな風に弱い自分を隠して生きてきたんだな。

チラッと時計を見てそろそろ心臓血管外科に行こうとしたら、彼女が俺の手を掴んだ。

「あっ、待って。本当に大丈夫な――」

まだ言うか。

俺の前で空元気を装う彼女の口を塞《ふさ》いで黙らせた。

もうこれ以上見てられなかったのだ。

「……んん！」とくぐもった声をあげる彼女の頬に優しく触れると、キスを終わらせて告げる。

「医者の言うことは絶対だ。いい子だから大人しく入院してるように」

不幸に終わりはない

『お母さん、今日の晩御飯はなににするの？　カレー？』

母がスーパーのレジ袋に人参やじゃがいもを入れていくのを見て、今晩のメニューを予想する。

『そう、カレーよ。みんな好きでしょう？』

母の答えを聞いて、笑顔で頷く。

『うん。私、お母さんのカレー大好き。にんじんいっぱい入れてね。じゃがいもより多く』

『はいはい』

レジ袋を持ちながら、私のお願いに母が適当に相槌を打った。

『今日お姉ちゃん部活だから、いっぱいお手伝いするね……って、クレープ屋さん！』

私もひとつレジ袋を持ってスーパーを出ると、キッチンカーのクレープ屋があって、思わず声をあげた。

『あっ……なんでもない』

声のトーンを落として小さく頭を振る。姉がいないから買ってもらえないと思ったのだ。

『クレープ食べたいの？』

母が私の顔を覗き込んできたので、ニコッと笑ってみせた。

『いいよ。お姉ちゃん一緒じゃないし』

おねだりせずに諦める私の手を引いて、母がクレープ屋に連れていく。

『晩御飯ちゃんと食べるなら買ってあげる。お姉ちゃんには内緒よ』

母が優しく微笑んで、生クリームたっぷりのクレープを買ってくれた。

クレープ……美味しかった……な。きっと……これは……私が小学生だった頃の夢。

だって、もう母はいないもの――。

「う……ん」と寝返りを打つと、腕がなんとなく不自由な気がして目が覚めた。

なに？

そう思うと同時に、副社長の声がする。

「起きた？　薫さん？」

ううん、違う。これは涼さんだ。副社長と同じ顔だけど、メガネをしていない。それに、副社長は私を『薫さん』だなんて呼ばない。

え？　え？　なにが一体どうなっているの？　夢でも見ているのだろうか？

涼さんがいるのが信じられなくて何度も瞬きするけど、彼は消えない。

「涼……さん？」

心臓がドックンドックンと激しく音を立てるのを感じながら尋ねると、彼が穏やかな目で微笑んだ。

「そうだよ。おはよう、薫さん。気分はどう？」

気分……？　そういえば腕には点滴をされていて、知らないベッドで寝ている。

「ここは……？」

オフィスで上杉さんと仕事をしていたはずなのに、なにが起きたのだろう。

起き上がろうとしたら、涼さんに止められた。

「急に起き上がらないで。ここは俺が勤務している病院。オフィスで倒れて運ばれてきたんだ」

今、彼は白衣を着ていなくて、青いシャツに黒のパンツとラフな格好をしていた。

「倒れた……？」

そういえば、上杉さんと話していたら、急にひどい耳鳴りがして気持ちが悪くなって……、その後のことが全然思い出せない。よりにもよって、涼さんのいる病院に運ばれるなんて……。また、彼との熱い夜のことが頭に浮かんでくる。

「栄養失調と睡眠不足。神戸で会った時よりも痩せたね」

やんわりとなにも言わずに去ったことを責められているような気がする。でも、あの時は逃げることしか頭になかった。とんでもないことをしてしまったって、今も後悔している。

「き、気のせいよ。全然元気だから」

涼さんに心配も迷惑もかけたくなくて、寝ているように言われたけれど、起き上がって笑ってみせた。

「いや、元気じゃないから倒れたんだよ。もっと自分を大切にしないと。上杉さんが病状を知ってるし、兄にも伝えてあるから会社のことは心配はいらない」

涼さんの話を聞いて、安堵するというよりは落ち込んだ。体調崩してみんなに心配かけて、なにをやっているんだろう。早く会社に行かなきゃ。

「ありがと。でも、今すぐ退院して仕事だってできるよ」

元気アピールをするけれど、涼さんは厳しい表情で私を見据えた。

「身体が回復するまで仕事はダメだ」

「本当に平気なの。寝不足だっただけ。一晩寝て回復したから」

強く訴えたら、涼さんが私を試すように聞いてくる。

「だったら、立てる?」

「そんなの簡単……あっ!」

これですぐに帰れると思ったのだけど、いざベッドを出て立ち上がろうとしたらよろけてしまい、「危ない!」と彼が私を抱き留めた。

こんなに弱っているとは思っていなくてショックを受けている私を、彼が再びベッドに寝かせる。

「これでわかった? 今の薫さんは病人なんだよ」

涼さんが手のかかる子供を相手にするように言って部屋から出ていこうとしたので、慌てて止めた。

「あっ、待って。本当に大丈夫な――」

突然、彼が顔を近づけて、唇を重ねてきた。

「……んん!」

キスの衝撃で思わず目を大きく見開く。

退院したら、一回マンションに戻ってすぐに会社に行こうとか、朝は会長に来客予定はなかったな……とか考えていたのに、彼のキスで全部吹っ飛んだ。

でも、その唇の感触や温かさはよく覚えていて、彼を求めるように無意識に受け入れてしまう。

だって……あの夜、彼はこの優しい唇で私の身体に触れて愛してくれたのだ。忘れられるはずがない。

彼は私の頬に手を添え、最後に私の下唇を甘噛みすると、少し意地悪く目を光らせて私に命じた。

「医者の言うことは絶対だ。いい子だから大人しく入院してるように」

「涼……さん？」

なんでキスなんか……？　ここ病院なのに……。

「いいですか。後で看護師が食事を運んできます。ゆっくりでいいからちゃんと食べてください」

急に医者の顔に戻る涼さんを、呆然と見つめた。

彼は私が無理をしているのに気づいている。

もう優しくなんかしてほしくないのに……。

「また様子を見に来ます」

涼さんはまるでキスの余韻を持たせるように私の下唇を親指の腹でゆっくりとなぞ

り、病室を出ていく。

ドアが閉まって、ひとりポツンと病室に残されると、顔を両手で挟んで声をあげた。

「ああ～、倒れるにしたってどうしてここに搬送されるの？」

答えてくれる人なんかいないが、文句を言わずにはいられない。パニックになってしまって敬語で話すのも忘れてしまった。

母が亡くなったショックがあっても、涼さんのことはずっと頭にあった。

これじゃあ、ますます忘れられなくなる。どうしたらいいの？

額に手を当てて深くハーッと息を吐いていたら、ガラガラッとドアが開いて、看護師が朝食を持ってきた。

「あの……私はいつまで入院でしょうか？」

看護師に尋ねると、「担当医師からお話があると思いますよ。あっ、点滴終わりましたね」と言って点滴の管を腕から外し、病室を出ていく。

「困った……」

いつ帰れるかわからないなんて……。

とりあえず部屋の中にある洗面所で顔を洗う。部屋は個室でシャワーもついていた。

一日いくらするんだろう。大部屋ではなくてまだ気が楽だが、やはり費用が気になる。

考えると頭がまたズキズキしだして、ベッドに戻り、看護師が置いていった食事に目を向けた。

メニューはお粥《かゆ》。全然食欲はないが、食べなければ退院させてもらえない。無理やり口の中に入れて完食すると、しばらくして女医さんがやってきた。

年は三十歳前後。黒髪のミディアムヘアで、黒のタイトスカートにブルーのシャツとシンプルながらもどこか育ちのよさを感じた。

先生は「おはようございます。内科医の橋本です」と、落ち着いた様子で挨拶する。

「おはようございます」

少し緊張した面持ちで挨拶を返す私に、先生は手に持っていたファイルを見ながら質問してくる。

「食事は食べましたか？」

「はい」

私の返事を聞くと、先生は私をじっと見据えてきた。

「顔色も昨日よりはよさそうですね」

にこりともせずどこか機械的に話す先生に、遠慮がちに確認する。

「あの……私はいつ退院できますか？」

「今日退院できますが、詳しくは綾小路先生に聞いてください。先生のお知り合いだそうですね」

涼さんとの関係について触れられ、少し動揺した。彼は病院関係者に私のことをどう説明したのだろう。

「……ええ、まあ」と曖昧に答えると、先生が観察するように私を見つめてきた。

「あの……まだなにか問診がありますか？」

戸惑いながらそんな質問を投げると、先生はすぐに私から視線を逸らす。

「いいえ。受け答えもしっかりしていますし、問題ないです。お大事になさってください。では」

先生がいなくなると、ハーッと盛大な溜め息をついた。

スマホも財布もないから、身動きが取れない。大人しくしているしかないのか。

なにもできなくて、窓の外の景色に目を向けた。

「空が青い。こんな風にボーッと空を見るなんて、最近なかったな」

頭を空っぽにできればいいが、すぐに仕事のことを考えてしまう。

秘書室のみんなは私がいなくても、いつも通り仕事をしてるよね、きっと。

早く元気になって復帰しなきゃ。まずはゆっくり寝よう。

そう思って目を閉じるが、気分が落ち着かなくて全然眠れない。ベッドにずっといるのは退屈で、なにもやることがなく途方に暮れた。

少し経って昼食を食べて、またダラダラと時間が過ぎて空が赤く染まる。

「いつになったら退院できるの？」

少し焦れったさを感じてポツリと呟いたその時、コンコンとノックの音がした。

「はい」と返事をすると、ドアが開いて白衣を着た涼さんが入ってくる。手には私のバッグと紙袋を持っていた。

「食事、ちゃんと食べたらしいね。顔色もだいぶいいかな」

「いつ退院できるの？」

今さら敬語というのもおかしいと思ってタメ口で聞くが、彼はすぐに答えてくれない。

「そう焦らない。まずはこれ。薫さんのバッグ。同僚が届けてくれたよ。薫さんの後輩だって言ってた。あと、着替えも用意してくれたみたいだ」

涼さんが私に差し出したバッグと紙袋を受け取る。

「私の後輩が？」

多分、由美ちゃんだろう。

「優しい後輩だね。保険証持ってる?」

「ああ。これです」

バッグからいつもカード入れに入れている保険証を取り出して、涼さんに手渡した。

「ちょっと手続きしてくるから、着替えておいて」

涼さんは笑顔で言って、病室を出ていく。

「退院ってことよね?」

ようやくここから出られる。

涼さんがいなくなると、バッグからスマホを出して、なにかメッセージがないか確認した。

「秘書室のグループLINE……」

由美ちゃんから【こっちは大丈夫ですから、ゆっくり休んでください】、真理ちゃんからは【ちゃんと食べて寝てくださいよ】とLINEが来ていた。

【バッグも受け取ったよ。メッセージありがとう】とふたりに絵文字スタンプを添えて返事をすると、今度は上杉さんからLINEが届く。

【具合はどう?　無理しないでね。仕事はこっちでフォローするから】

上杉さん……私が倒れてきっとビックリしたよね？　たくさん心配かけちゃったな。

【今、退院許可下りました。ご心配おかけしてすみません。点滴してもらって少し体調よくなりました。すぐに復帰しますね】

少し文面を考えながら返事をすると、既読がついてまたメッセージが届いた。

【だから、無理しちゃダメだよ】

なんだか直接言われてるみたい。

【はい。しっかり食べて休みます】と苦笑いしながら返し、由美ちゃんが持ってきてくれた服に着替えた。

黒のフレアスカートにピンク系のブラウス。これは私が万が一のことを考えて会社のロッカーに置いておいたものだ。

着替えも持ってきてくれるなんて、さすが由美ちゃん気が利いている。私がひとり暮らしなのを知っているし、必要になると思ったのだろう。

着替え終わると涼さんが戻ってきたが、もう白衣は着ていなくて、朝見たのと同じ青のシャツに黒のパンツという格好をしていた。

「じゃあ、行こう」

そう声をかけて彼が私の手を掴んで歩き出したので、立ち止まって行き先を聞く。

「え？　行こうって、どこに？」

「家まで送るよ」

思わぬ回答で、慌てて断った。

「そんないいよ。涼さんだって忙しいのに」

「今日はもう仕事終わったから」

「でも、大丈夫。ひとりで帰れるもの」

一刻も早く彼から離れなくては。でなければ、私の心臓がおかしくなる。

「ボレロ、返したいんだ。あの日忘れていったから」

彼はまっすぐに私を見据えてくる。神戸でのことを持ち出されて、反論できなかった。

私が黙り込むと、涼さんは私の手を引いて、駐車場に向かう。

どうしてこんなことになってしまったのだろう。私ってホント抜けてる。

ボレロを忘れた自分に呆れずにはいられない。

あるドイツの有名メーカーの白いＳＵＶの前に来ると、彼が助手席に回ってドアを開けた。

「さあ、乗って」

コクッと頷いて私が助手席に座るのを確認してから、涼さんも運転席に乗り込む。

エンジンをかけると、彼は後部座席に置いてあった紙袋を私に渡した。

「これ、忘れ物」

『忘れ物』を強調する涼さんは結構意地悪な性格だと思ったけれど、「ありがとう」と礼を言いながら紙袋の中を見て驚いた。ボレロにビニール袋がかけられている。

「え？　クリーニングに出してくれたの？」

「ベッドの下に落ちてたからね」

またトゲを含んだ言い方をされ、ギュッと紙袋を胸に抱きしめていたら、急に涼さんの手が伸びてきてドキッとした。

「薫さん、シートベルト」

「あっ……うん。自分で――」

自分でするからいいよと断ろうとしたら、遮られた。

「いいから。それで、住所はどこ？」

「……文京区《ぶんきょう》」

逃げ場はない。

観念して住所を言うと、彼はシートベルトをつけてくれた後にカーナビを操作し、車を発進させる。

その一連の動作さえもなんだか大人っぽい。年上の私が言うのも変だけど、彼の所作のひとつひとつがセクシーで心臓の音がうるさくなる。

これは……彼と熱い夜を過ごしたせいだろうか。平静でいられない。空気を吸うのだって、すごく気を使う。

考えてみたら、男性とふたりきりで車に乗るのは初めてだ。涼さんみたいに素敵な男性なら、この助手席に座った女性は私が初めてではないはず。

「まだ逃げること考えてる？」

どこか楽しげに聞いてくる彼に、すぐに否定した。

「ち、違う」

「動揺するなんて怪しいな」

彼が疑うものだから、とっさに思っていたことをそのまま口にしてしまう。

「本当に違うの。今までここに座った女性がたくさんいるんじゃないかって……あっ」

なにを馬鹿なことを言っているのだろう。

慌てて手で口を押さえるも、言ってしまった言葉はもう取り消せない。

「薫さんが初めてだよ。信じてくれないかもしれないけど、行きずりの女性を抱いたのもあの夜が初めてだ」

信号待ちになって、彼が私に目を向ける。小さく微笑しながらも、その目はしっかりと私を捕らえていた。

「私もいつもあんなことしてるわけでは……」

自分の心を読まれそうで、彼から目を逸らしてボソッと呟く。

「うん。わかってる。薫さんは男性に慣れてないよね」

ちょうど信号が変わり、涼さんがフッと笑って車を発進させるけど、彼の放った言葉に青ざめた。

確かに私は男性に慣れていない。まだ数回しか会ってないのに、どうしてわかるの？

あっ……処女だったってバレた？

この話の流れはマズい。きっと神戸の話になる。そしたら、なにも言わずに去った理由を聞かれるだろう。あの夜の話は絶対に避けないと。なにか無難な話題はないだろうか。あっ、そういえば……。

「あの……治療費は後で請求が来るの？」

「ああ。俺が立て替えておいた」

彼が平然とした顔でそんなことを言うものだから慌てた。

「え？　嘘。いくらだった？」

「今、運転中。そんなことより、どうしてあの日、俺になにも告げずに出ていった？」

き、来たー。

「それは……その……朝起きたらパニックになって……逃げることしか考えられなかったの。自分の失態を後悔して……」

ギュッと拳《こぶし》を握り、必死に言い訳する。

「失態なんて言ってほしくないな。俺は後悔してない」

彼は前を見据えたまま左手を伸ばして、私の手を握ってきた。

「……ごめんなさい」

私……自分勝手だった。自分から抱いてって彼に頼んだのに、勝手に後悔して……。

「……さん、薫さん」

彼に呼ばれているのに気づいて、ハッとした。

「は、はい！」

「家、この辺だよね？　なんか焦げ臭くない？」

焦げ臭い？　確かに焦げ臭い匂いがする。

窓の外に目を向けると、空が赤く染まっていた。

もう日は暮れているのに……赤い。しかも赤い空の方向に私のマンションがある。

嫌な予感がして、顔からサーッと血の気が引いていく。

「まさか……」と呟いたその時、消防車のサイレンが聞こえた。

「どこかで火事みたいだ。この先は進めなくなっている……って、薫さん？」

「……私のマンション、この先にあるの」

不安でいてもたってもいられなかった。

「ちょっとどこかに車停める」

涼さんは近くのパーキングに車を停めて、シートベルトを外し、私に目を向けた。

「俺が確認してくるから、薫さんはここにいて」

「ううん、私も行く」

じっとなんかしていられない。

急いでシートベルトを外したら、彼はもう車を降りていて助手席のドアを開けてくれた。

「行こう」

「うん」と返事をすると、涼さんが私の手を握って歩き出す。

マンションに近づくにつれ、焦げ臭い匂いが強くなった。

消防車も五、六台停まっている。

怖かった。自分のマンションが燃えているんじゃないかって……。

目の前は人だかりだったが、押しのけるように歩いて構わず前へ突き進む。

「う……そ」

目に映ったのは、赤黒い炎を上げて燃える私のマンション。

「薫さん?」

「……ダメ。ダメ。燃やしちゃダメ!」

立ち入り禁止の黄色いテープが張られていたけど、くぐってマンションに近づこうとしたら、涼さんが私を背後からギュッと抱きしめて必死に止める。

「馬鹿! 行くな」

いつも穏やかな涼さんが声を荒らげるのを初めて聞いたが、『はい』と素直に従えるわけがない。

「だって……燃えちゃう」

なんとか涼さんの手を振りほどこうともがいていたら、今度は優しく声をかけられる。

「行ったら薫さんまで燃える。落ち着いて」

「でも……」

突然足の力ががっくりと抜けて、そのまま涼さんに抱きかかえられた。

「でもじゃない！　死ぬ気か！」

怖い顔で怒られ、彼のシャツをギュッと掴みながら、赤い炎を上げて黒焦げになっていくマンションを呆然と見つめた。

「……なにもかもなくなっちゃう」

不幸に終わりはない。

そう痛感した夜だった——。

ずっとここにいればいい　―　涼side

「ほら、上がって」

玄関で優しく声をかけるが、薫さんは小さく首を左右に振った。

「ううん……。今日はどこかホテルに泊まる」

「それは許可できないな。今にも倒れそうな顔してる。また救急車で病院に戻るつもり？」

今精神的にボロボロの彼女に厳しい言葉を言うのは憚《はばか》られたが、心を鬼にして言う。

「それは……」

迷子になった仔犬のように、薫さんは困惑した表情をする。

火事の後、行き場のない彼女を俺のマンションに連れてきた。薫さんの部屋は黒焦げでもう住める状態ではなく、彼女は管理会社の人の話も聞けないほど憔悴していたのだ。

出火の原因は、薫さんの隣の部屋の住人のタバコの消し忘れ。

家財保険で少しは金が下りるが、いちから家電や家具を揃えるのは大変だ。それに衣服もすべて失っている。

「もともとうちに連れてきて食事療法させようと思ってた。遠慮することはない。言うこと聞かないなら、強制入院させる」

そんな脅し文句を口にすると、薫さんは「……お邪魔します」と力なく言ってうちに上がった。

もう見ているだけで痛々しい。

最近母親を亡くして精神的にもショックを受けているところに、さらなる追い打ち。神様もひどいことをする。

俺がいなかったならどうなっていただろう？　ひとり途方に暮れていたのではないだろうか？

そっと薫さんの肩を抱いてリビングに連れていき、ソファに座らせる。

まずはなにか食べさせないと。食欲なんてないだろうけど、食べないとまた倒れる。

「ちょっと待ってて」

隣のキッチンに移動して、なにを作るか考える。

普通のお粥は今朝病院で食べただろうし、なにか別なものがいいだろう。

食パン、牛乳、チーズ、コンソメを出して鍋に入れ、パン粥を作ると、リビングに持っていく。

「お腹空いてないだろうけど食べて。パン粥作ったんだ」

「これ……涼さんが？」

「そう。毒は入ってないから安心して」

「料理するんだ？　……いただきます」

意外そうに言って彼女は手を合わせ、スプーンでパンを掬《すく》って口に運ぶ。

「あったかくて、美味しい」

そんな感想を口にする彼女の目には、涙が浮かんでいた。

泣きたくもなるだろう。俺だって自分のマンションが火事で燃えたら愕然とする。

「口に合ってよかった」

優しく微笑んだら、彼女も小さく笑って俺を褒める。

「涼さん、料理上手」

「そんなたいしたものは作ってないよ」

ポンと薫さんの頭に手を置くと、彼女が堰《せき》を切ったように泣きだした。

「……ごめんね。泣いちゃって」

「謝らなくていい。自分の家が燃えてるのを見て平気な人間なんていないよ」

泣けるということは薫さんにとってはいいこと。悲しみを吐き出せば、心も楽になる。それに、少しは俺に心を許してくれているような気がした。

「マンションの部屋は燃えちゃったけど、薫さんが巻き込まれなくてよかった」

心からそう思って薫さんの肩を抱き寄せると、彼女がコクッと頷いた。

「……うん」

「命があれば、何度だってやり直せるから」

目の前でたくさん死んでいく人を見てきたから言える。命は一度失ったら、決して取り戻せない。

「うん……頑張る」

泣きながら自分に言い聞かせるように返事をする彼女の肩をギュッとして伝える。

「本当に薫さんが無事でよかった」

もし彼女が病院に搬送されてこなかったら、もし彼女の退院がもっと早かったら……今ここにいないかもしれない。そのことを考えて怖くなる。

火事に遭ったのは不幸だけど、ある意味薫さんは幸運だったのではないだろうか？

しばらく泣き続ける薫さんに胸を貸していたが、彼女は落ち着いてくると、俺に二コッと笑ってみせた。

「とりあえず……元気になって、早く新しい部屋を探すね」

前向きになるのはいいことだが、もうここから出ていこうとしているのが気に入らない。

「そんな欲張らなくていいよ。まずは元気になることだけ考えよう」

部屋探しなんてしなくていい。

「お医者さんみたいなこと言うね……って、お医者さんだったね」

ハッとした顔をして、薫さんが苦笑いする。

「そう。医者の言うことは絶対だから。俺の許可なく出ていかないように」

「でも……いつまでもお世話になるわけには」

「頼れる人はいるの？」

多分いないと答えると思った。

頼れる人がいれば、そもそも大人しく俺のマンションに来ないだろう。

「それは……」

困った顔をして俯く彼女に、質問を続けた。

「家族は？」

「先日福井に住んでいた母が亡くなって……。姉がひとりいるけど、姉も結婚して福井にいて……、でも大丈夫。上京してからひとりでやってきたし、なんとかなるよ」

沈んだ様子でポツリポツリと話しだしたかと思ったら、彼女は急に顔を上げて元気そうに振る舞う。

「もうお互い知った仲なんだから俺の前で無理しなくていいよ。うちにはずっといてくれていい。ひとり暮らしだし、うちに来る人間もいないから」

彼女を元気づけたくてあの夜のことを仄《ほの》めかすと、俺の読み通り彼女がポッと顔を赤くしてあたふたする。

「ちょ……涼さん。恥ずかしいから言わないで。でも、本当にいいの？　……副社長は来ない？」

薫さんが恐る恐る悠のことを聞いてきて、胸がチクッとしたが、笑顔で返した。

「うちに来たことはないよ。仕事であまりいないせいもあるけど」

俺が悠の家に行くことはあっても、逆はない。彼が俺の仕事をよく理解しているせいもある。うちに呼んだとしても、急にオペが入ってキャンセルする可能性があるからだ。

「ああ。そうなんだ」

少し明るい表情で相槌を打つ彼女を見て、意地悪くつっこむ。

「今、ホッとした？」

「それは……その……」

自分で聞いておいてなんだが、言い当てられて気まずい顔をする彼女を見たくなかった。

「安心して。薫さんが言わない限り、兄にはうちに同居することも伏せておくから」

まあ、同居のことが兄にバレれば、いずれ神戸でのことだって話さなければならなくなる。薫さんとしてはそれは絶対に避けたいだろう。

兄に憧れていたなんて、今妊娠中の義姉には知られたくないはずだ。

「……ありがとう」

呟きに近い声で礼を言う彼女に、パン粥を指差して命じる。

「感謝はいいから、しっかり食べる」

「うん。食べるよ」

俺の目を見て頷き、彼女はパン粥を再び食べ始める。その姿を見て、ちょっと安堵した。

彼女は繊細でしおらしい感じがするけど、意外とガッツがあるのかもしれないな。

それから食事を終えると、バスルームに彼女を案内した。

「タオルは棚にあるのを適当に使っていいから。あと、これ着替え。俺のだけど」

スウェットの上下を手渡す俺に、彼女が「……着替えまでありがとう」と申し訳なさそうな顔をする。

「困った時はお互いさまだよ。俺はちょっと仕事をするから、ゆっくり入ってて」

そう声をかけて書斎に行くと、スマホを取り出してコンシェルジュに電話をかけ、女性用の下着と化粧品を用意してくれるよう頼んだ。こういう時、マンションにコンシェルジュがいてくれて助かる。

そのまま書斎で仕事関係のメールをチェックしていたら、玄関のインターホンが鳴って、コンシェルジュが品物を持ってきてくれた。

早速バスルームのドアをノックして、薫さんに知らせる。

「薫さん、ドアの外に下着を置いておくから」

「はい。……ええ?」

彼女はまだ入浴中らしく、バシャッと水音も聞こえた。

俺の言葉を聞いて、かなり驚いてるようだ。

フッと笑い、キッチンに行くと、冷凍のパスタを温めて食事を数分で済ませる。それからソファに腰掛け、テレビをつけてニュースを見ていたら、薫さんが血相を変えてリビングに飛び込んできた。

髪は濡れているし、バスタオルを身体に巻きつけただけ。

「りょ、涼さん！」

一体何事だ？

「下着……涼さんが買ったの？」

大事件とばかりに息をゼーハー吐きながら俺に尋ねる彼女の剣幕に少し気圧されながらも、何食わぬ顔で返事をする。

「ああ。必要だと思ったからコンビニで。趣味に合わなかったらごめん」

それは真っ赤な嘘だが、暗くなりそうな空気を変えたかった。

「そ、そんな我儘言わないよ。涼さんに女物の下着買わせてごめんね。店員さんに変な目で見られなかった？」

ひとりテンパっている彼女がとてもかわいい。

「嘘だよ」

悪戯っぽく笑いながらそう告げると、彼女がキョトンとした顔をする。

「え？」

「コンシェルジュに頼んで持ってきてもらったんだ。そんなことはいいから早く服着てくれない？　俺に襲われるよ」

まだ水が滴っている首筋に手を伸ばしてニヤリとしたら、彼女が絶句した。

「あ……」

顔が青くなったと思ったら、数秒後には真っ赤になって、あたふたしながら回れ右をする。

「出直してきます！」

そう声をあげて、彼女はバタバタと音を立て、リビングを出ていく。その様子を見て、クスッと笑った。

結構そそっかしいというか、思ったまま行動をするらしい。

まあ、慎重な人間なら、そもそも初めて会った人間と寝るなんて向こう見ずな真似はしないだろう。

数分して彼女が服を着て戻ってくるが、その姿を見てまた笑ってしまった。

俺の服がダボダボなのは予想通りだったが、髪をまだ乾かしていない。

「だから、薫さん、慌てすぎだって」

義姉《ねえ》さんからは『完璧で優しくて、後輩なら誰でも憧れる先輩なのよ』と聞いてたのにな。ひょっとしたら、こんな慌てん坊な彼女は俺しか知らないのかもしれない。

「髪、濡れてる」

笑顔で指摘すると、彼女が「あっ」と言って頭に手をやった。

「ちょっと待ってて」

彼女の肩にポンと手を置いて、バスルームに行きドライヤーとブラシを取ってくる。

「薫さん、そこに座って」

ソファを指差すが、彼女は素直に従わない。

「あの……自分で乾かすから」

「今の薫さん見てると、適当にやりそう。ほら、座って。髪、ちゃんと乾かさないとハゲる」

ニコニコ顔で忠告したら、薫さんが青ざめながら聞き返してくる。

「嘘?」

「ホント。雑菌が増殖して抜け毛の原因になる」

俺の話にショックを受けている薫さんをソファに座らせ、ドライヤーを当てていく。

「ごめんね。こんなことまでさせちゃって……」

居心地悪そうにしている薫さんに、穏やかに返した。

「いいよ。初めての経験だし」

実際、この状況を楽しんでいる。

「いっそのことバッサリ切っちゃおうかな」

彼女がひとり言のようにそんな言葉を呟くので、眉根を寄せた。

「こんな綺麗な髪なのに？　でも、薫さんは髪を切ってもちゃんと乾かさないような気がするな」

「うっ……当たってるかも」

恥ずかしそうに認める彼女に、構わずつっこむ。

「薫さんて、しっかり者に見えて、いろいろ抜けてるね」

どこか放っておけない雰囲気を纏っているせいか、彼女を見ていると、なにかと世話を焼きたくなる。

「……そう。いろいろ抜けてるの。だから、私のオフィスのパソコンのディスプレイは付箋《ふせん》だらけ」

「なんか、想像つく。かわいい付箋がいっぱい貼ってありそう。で、貼って満足して忘れる……みたいな」

思ったまま言えば、彼女が驚いた顔をする。

「うちの秘書室来たことあるの？」

この顔、図星か。

「いいや。行動パターンがなんだかわかりやすいから」

なんだろう。長い付き合いではないのに、一緒にいる時間が増えるにつれて、彼女のことが手に取るようにわかってくる。それは今まで人と深く関わろうとしなかったからかもしれない。

小学生の時に母は不貞を働いて家を出て、中学の時に父は再婚。腹違いの妹ができたが、義母とは家でたまに顔を合わせる程度で、妹とも触れ合うことはほとんどなかった。双子の兄とも中学くらいからぎくしゃくして、家族と次第に距離を置くようになった。

大学入学と同時に家を出て、そのまま医者になって渡米し、二年前に帰国。だが、実家には一度顔を出したくらいで、帰国後もひとりで暮らしている。義母との仲は悪くはないが、親しいわけでもない。

アメリカの証券会社で武者修行して今年の四月に日本に戻ってきた兄とは、妹の我儘のお陰で会う機会も増えた。まあ、とにかく妹のパワーがすごい。悠の家で自分の誕生日パーティーをしたいとか、仕事がないならケーキを食べに行こうとか電話してきて、俺たち兄弟に無茶振りをする。だが、俺も悠も小さい頃あまり相手をしてやらなかったという引け目があって、妹の言うことには逆らえないのだ。

「これからはちゃんと乾かした方がいいよ。こんなに綺麗な髪なんだから……って、聞いてる？」

急に大人しくなったから薫さんの顔を覗き込んだら、彼女はこくこくと舟を漕いでいた。

……寝てる。まあ、仕方ない。

栄養失調で倒れたし、火事もあって精神的に相当ダメージを受けたはず。疲れて眠くもなるだろう。

ドライヤーのスイッチを切るとテーブルに置き、薫さんをそっと抱き上げて寝室のベッドに運ぶ。あの夜よりも、やはり軽く感じた。

たくさん食べさせて、早く元気になってもらわないと——。

「おやすみ」

薫さんの頬を撫でて寝室を出ると、シャワーを浴び、メールをチェックする。

だが、あまり集中できず、薫さんのことを考えてしまう。

あの日、俺の前から黙って消えた彼女が、今俺のマンションにいる。しかも、彼女はずっと俺が気になっていた女性だった。なにか運命的なものを感じる。

そもそもひとりの女性にこんなにも惹かれること自体、俺にとっては珍しいことだ。

寝室に戻ると、薫さんは身体を丸くして眠っていた。

あどけないその寝顔。綺麗で、透明感があって……どこか現実離れして見えて、一瞬目を離したらまた消えてしまうんじゃないかって不安に駆られる。

「ずっとここにいればいい」

薫さんの頬に手を当ててそんな本音を呟いたら、彼女が「う……ん」と寝返りを打って、俺の腕を掴んで頬ずりする。

「お願い……行かないで」

懇願するその悲しげな声を聞いて、なんとも言えない気持ちになった。

悠に言っているのだろうか。

薫さんから離れることができず、俺もベッドに入ると、彼女を包み込むように抱きしめる。

「どこにも行かないよ」

優しく告げて、彼女の額にそっと口づけた。

治療の一環

「う……ん。んん！」

目を開けると、目と鼻の先に涼さんの顔があって目を丸くした。

眠気が一瞬で吹き飛び、心臓がバクバクしだす。

美形なのは充分わかっていたけれど、この至近距離で見ると、私の認識がまだまだ甘かったと思う。

――絶世の美男だ。

「おはよう。薫さん」

涼さんが穏やかな笑みを浮かべ、私にキスしてきたものだからハッとした。

羽根のようにふわふわ感のあるキス。

なんなの？　この展開は。

絵に描いたような甘々な朝に、ドキドキしてしまう。

恋人はいたけれど深い関係にはならなかったから、男性の隣で目覚めるのは初めてだった。

目をパチクリさせる私を見て、涼さんが蕩けるような笑顔を向けてくる。

「本当はあの朝もこんな風に迎えたかったんだ」

その言葉を聞いて、逃げ帰った時の状況を思い出した。

神戸で一夜を共にした朝は気が動転して、彼と顔を合わせずに部屋を出ていったんだよね。なんだか気まずい。

「ごめん……ね」

上目遣いに涼さんを見て謝ったら、彼が私の頬に両手を当てて目を合わせてきた。

「別に謝ってほしいわけじゃない。体調は？」

彼に聞かれ、しばし考えて答える。

「頭はすっきりしてるし、気分もいいかも」

ぐっすり寝たせいかもしれない。

「お腹は？」

また彼に聞かれ、腹部に手を当てた。

「空いてる……かな？　私……コンビニに行ってなにか買って……」

ベッドを出ようとしたら、彼に手を掴まれた。

「待った。病み上がりなんだから、そんな急に動かない。それに、その格好で外に出るつもりなのかな？」

涼さんの目が楽しげに私の服に向けられていて、ハッとしてつい声をあげる。

「あっ……」

今着ているのは、涼さんが貸してくれた部屋着。ダボダボだし、靴だってパンプスしかない。どうしたものかと悩んでいたら、彼が私の頬を優しく撫でた。

「なにか適当に作るよ」

「でも……涼さん仕事が」

午前七時十二分と時刻が表示されたベッドサイドのデジタル時計が目に映る。

「今日は無理矢理休みを取らされたんだ。連続勤務が続いたから」

急患もあって休みを取れなかったのだろうか。

「お医者さんも大変だね」

人の命を預かる仕事だから、ずっと緊張を強いられるはず。

「まあ慣れてるから」

当然のようにその言葉を口にする涼さんが心配になって、とっさに彼の腕を掴んだ。

「そんなの慣れちゃダメ」

「寝不足と栄養失調で倒れた人に注意されても説得力ないな」

ちょっと呆れ気味に言われたけれど、涼さんは嬉しそうに微笑して、寝室を出ていく。

彼がいなくなると、フーッと軽く息を吐いた。

人のことばかり気にして、自分のことはほったらかし。いつか私みたいに倒れるんじゃないかって心配になる。

彼の負担にならないよう、私も早く元気にならないと。まずは服と靴を買わなきゃ。でないと仕事にも行けない。

「スマホどこに置いたっけ？」

手で前髪を直しながら探すが、見当たらなくて寝室を出ると、記憶を辿りながらリビングを探す。

昨日はショックもあってあまり感じなかったけど、涼さんの家は広い。ドアも五、六個あるから５ＬＤＫくらいだろうか。

リビングに行くと、ソファの上に私のバッグが置いてあった。

「ここに置いてたんだ」

火事のショックもあって、昨日自分がなにをしたのか記憶があまりない。

バッグの中を漁《あさ》ってスマホを手に取り、ネットで服などを注文しようとしていて手が止まった。

　そういえば……住所。

「神妙な顔してどうしたの？」

　不意に涼さんがリビングに現れ、私のところにやってくる。

「服をネットで注文しようと思って、住所をどうしようかと」

「ああ。ちょっとスマホ貸して」

　涼さんは私の手からスマホを奪い、素早い動きで住所を入力していく。

「これ、ここの住所だから覚えておいて」

　当然のようににっこりと微笑む彼に、少し気圧されながら礼を言う。

「……ありがと」

　もう住むのが決定事項になってる。どうしてそんな簡単に私を受け入れてくれるの？

「後日転居届も出しておいた方がいいよ」

　涼さんにアドバイスされるが、素直に『はい』とは言えなかった。

「え？　それは――」

「まずは元気になることだけ考えようって言ったの忘れた？　新しい部屋探すなんて

今の状況じゃ無理だし、医者としても許可できない。睡眠取ったから一時的に体調よくなったように感じるだけだ。精神面もかなりダメージ受けてるんだから甘くみない」

反論しようとする私の言葉を遮り、彼がスーッと目を細めて少し厳しい口調で窘《たしな》める。

「……はい」

私のことを心配して言ってくれるのはわかるけど、身内でもない彼に甘えられない。

渋々返事をしたら、彼がそんな私の心を見透かしたように言う。

「不服そうな顔してるな」

「だって……涼さんに迷惑かけちゃう」

「よそに行かれるより、うちにいてくれた方が安心だから。俺の心の平安のためにもそうして。でないとどっかで行き倒れてるんじゃないかって心配で手術失敗しそう」

彼が真顔でとんでもないことを言うものだから、思わず声をあげた。

「え！　それは困るよ！」

「だから、俺と患者さんのために薫さんはここにいること」

涼さんは急に笑顔になり、ポンと私の肩を叩いてキッチンへ向かう。

なんだかうまく丸め込まれたような気がする。

とりあえず、ポチッとボタンを押してネット注文を済ませると、彼を手伝いに私もキッチンへ。調理器具がたくさん置いてあって、私が見たこともない調味料もたくさん並んでいた。

「料理好きなの？」

慣れた様子で卵を割ってオムレツを作り始める涼さんに尋ねると、彼は手を止めずに答える。

「基本、家と病院の往復生活だから、気分転換になるんだ。薫さんは？」

気分転換か。そんな言葉言ってみたい。

「私は普通かな」

ハハッと笑って返したものの、はっきり言って料理は苦手。

周囲の人には得意だと思われがちだけど、おにぎりが私の唯一の得意料理だ。

ひとり暮らし歴は長いが、いつもスーパーのお惣菜《そうざい》と冷凍食品で済ませていて、料理をするのは休日気が向いた時だけ。

料理といっても目玉焼き程度。凝った料理は作れない。

彼氏がいた時だって料理が苦手だったから、スーパーのお惣菜を詰めたお弁当を大学に持っていって彼に渡していた。なぜか料理上手と思われていて、恥ずかしくて本当のことを彼氏に言えなかったんだよね……。

「食材とか休みの日にまとめ買いするの？」

それは素朴な疑問。お医者さんだから、仕事がある日は買い物に行く余裕はないはず。だからまとめ買いすると思ったのだけれど……。

「週に二回家政婦が来て、食材を補充してくれるんだ」

「そうなんだ」

そういえば、彼は綾小路家の人間。こんなに広くて豪華なマンションにひとりで住んでいるし、セレブな彼なら家政婦さんくらい雇えるだろう。

「すぐに朝食できるから、薫さんはソファにでも座ってて」

顎でクイと彼がリビングのソファを示したけど、小さく首を振って断った。

「ううん、私も手伝うよ」

「じゃあ、そこの棚にある皿取ってくれる？」

涼さんがすぐ近くの棚を指差し、「あっ、うん」と返事をしてお皿を取り出すと、彼に手渡した。

「あとカトラリーはそこの引き出しにあるから、テーブルに並べてもらっていいかな？」

彼に指示を出され、あたふたしながら動いて四人がけのダイニングテーブルにナイフやフォークを並べていく。

オムレツができると、彼がクロワッサンやコーンスープ、それにサラダを手早く用意し、ふたりで朝食を食べた。

片付けも終えると、彼が昨日私が着ていた服を手渡してきて、ギョッとする。

「これ洗濯済みだから」

綺麗に畳まれた服。昨夜バスルームの脱衣所の籠《かご》に入れて、そのままにしていたものだ。当然下着もあったわけで……。

「……なにからなにまですみません」

あ〜、下着まで洗われてしまった。恥ずかしくて顔から火が出そうだ。

俯く私の肩を彼がポンと叩く。

「それ着たら出かけよう。気分転換しに」

「へ？　どこに？」

思わず顔を上げて涼さんと目を合わせたら、彼がどこか企み顔で微笑んだ。

「まだ内緒」

身支度をして涼さんの車に乗ると、彼は「じゃあ、行こうか」と笑顔で言って車を発進させる。

今日は平日。いつもならもう会社に出勤して仕事をしている頃だ。なのに、出掛けていいのだろうか?

「ずっと静かだね」

「みんな仕事してるから、ちょっと罪悪感が……」

「今無理して仕事しても倒れるだけだよ。今日出掛けるのは治療の一環だから」

彼の言葉を聞いて、少し気が楽になる。

「お医者さんも一緒ですもんね」

小さく笑って運転している涼さんに目を向けたら、彼が「そうそう」と楽しげに頷いた。

「涼さん、車、好きなの?」

ハンドルを握っている彼は、とてもリラックスして見える。

「ああ。気軽にどこにでも行けるから。薫さん、悪いんだけど、手前のダッシュボードの中にサングラスが入ってるから取ってくれない? ちょっと日差しが眩《まぶ》しくて」

「あっ、うん」

ダッシュボードを開けると、中に黒いメガネケースがあった。「これか」と呟きながらケースを手に取ると、ちょうど信号待ちの時に彼に手渡した。

「はい、これ」

「ありがとう」と言って彼がサングラスをかけるけれど、その姿がカッコよくて心臓がトクンとなる。

なにもしなくても超絶美形なのだが、また違うバージョンを見た感じだ。

「薫さんは免許持ってる？」

サングラス姿にときめいていたら、不意に彼がそんな質問をしてきてハッとする。

「私、免許は持ってるけど、ペーパーなの」

私は特に必要性を感じなかったけれど、大学の時に母親に言われて福井で免許を取らされた。あまり運動神経がよくなかったせいか、取るのに半年もかかったっけ。

「東京にいると、車なくても生活できるからね」

「田舎は大人ひとり一台って感じで、福井の地元の友達もみんな車持ってる」

福井は車社会で、東京みたいにバスや電車が数分おきに来ない。

「福井か。まだ行ったことないな。カニが有名だよね」

「うん。大きな越前ガニは食べなかったけど、セイコガニっていうメスの小さなカニを冬になるといつも食べてたかな。すごい田舎でうちの実家の周りは田んぼが多くて、夏は夜になるとカエルの大合唱だし、たまに亀が道路を歩いてる」

のどかな土地だ。こないだ福井に帰ったせいか、なんだか妙に恋しく感じる。

クスッと笑ってそんな話をすれば、涼さんが茶目っ気たっぷりに笑ってつっこんできた。

「恐竜じゃなくて亀なんだ？　福井駅の周りって恐竜のモニュメントがたくさんあるらしいけど」

「さすがに恐竜が歩いてたら、みんなパニックだよ」

最初は真顔で返したけれど、恐竜が道を歩いている姿を想像して、おかしくてクスクス笑ってしまう。

「だろうね。俺は東京育ちだからそういうの新鮮で、田舎に憧れるな」

「そう？　私は都会が羨ましかったよ。なんだかキラキラしてて」

「住んでみてどう？」

「東京の方が気が楽かも。近所の目を気にしなくていいから」

本当は家族と離れてホッとしたのだ。東京にいればうるさく言う親もいないし、姉と比べられることもなかったから。

「ああ。うちなんか隣に誰が住んでるか知らないしね」

そんな雑談をしているうちに海が見えてきた。

涼さんは千葉方面に車を走らせる。天気はいいし、海も綺麗だ。

海岸沿いをずっと走っていたかと思ったら、水族館の看板が目に入った。何気なく看板を見ていると、車が水族館の駐車場に入っていく。

「水族館？」

行き先が水族館だなんて予想してなくて驚いていると、彼が小さく微笑した。

「そう。大人でも楽しめるかと思って」

車を降りると、彼がチケットを買って中に入る。私も財布を出してお金を払おうとしたけれど、受け取ってもらえなかった。

「ほら、行こう。イルカのショーがもうすぐ始まる」

スマホで水族館のショーを確認していた彼が、私の手を掴んで歩き出す。

平日なのにショーの席はかなり埋まっていたけど、中央付近に空いている席を見つけ、彼と並んで座った。

「水族館て久しぶり。大学以来かも」

「俺は高校以来かな。それも学校行事だけ。家族で旅行とかあまりしなかったから」

ああ。社長は前の奥さまとは仲が悪く、奥さまが恋人を作って家を出ていったと聞ないだろうか。

彼は笑って言ってるけど、子供としては家族旅行に行けないのはつらかったのではいたことがある。

飼育員が出てきてにこやかに挨拶すると、ショーが始まった。飼育員の指揮に合わせて、イルカたちが順番にジャンプしたり、身体を揺らしたりする。なかには指示通りにできない新人イルカもいたけれど、ミスをする様子もかわいくて笑ってしまう。

「私も新人秘書の時、お茶出しする会議室を間違った時があったの」

ミスしたイルカを見てそんな話をすれば、彼がクスッと笑う。

「それは焦るね」

「うん。ノックして入ったら、担当幹部がいなくて『失礼しました』って静かにドアを閉めて……、もう顔面蒼白だった」

「俺もオペする手術室間違えたことがあるよ」

彼がしれっとそんな失敗談を口にするけれど、「それは嘘だよ」と間髪入れずに否定した。

「やっぱりバレるか」

すんなり認める涼さんを見て、自分が思っている彼の印象を伝える。

「涼さんはそんな重大なミスはしない。見るからにしっかりしてるもの」

「薫さんもしっかりして見えるけど、今の話を聞くと、いろいろやらかしてそうだな」

「うん。大企業の秘書としては恥ずかしい失敗たくさんしてきたよ」

先輩秘書に怒られて凹んで、それでも辞めずに頑張って今がある。

「でも、今は後輩が憧れる存在じゃないか。いっぱい努力したんだね」

涼さんに褒められて嬉しかった。だからだろうか。笑顔で彼に姉の話をする。

「私には薬剤師をしている才色兼備な姉がいてね。ずっと姉みたいになりたいって思って頑張ってきたの」

「努力できるのも才能だよ。……実を言うと、神戸のバーで会う前から、薫さんのこと知ってた。同僚らしき女性が酔っ払いに絡まれてるところを薫さんが助けててね」

「え？　う……そ」

彼の話に驚かずにはいられなかった。

「『さっき警察呼びました。今夜は留置場で寝ることになるかもしれませんよ』って酔っ払いにすごんでてね。で、その後急にしゃがみ込んで、『あ～、怖かった。心臓バクバクだった』って言ってて――」

今も彼に衝撃的な爆弾を落とされて、心臓がバクバクしている。

まさか彼にあの場面を見られていたとは思わなかった。

「あー、やめて。恥ずかしい」

もう聞きたくなくて耳を塞ごうとしたら、彼に両手を掴まれた。

「恥ずかしくない。自分だって怖かったのに……同僚を守るような薫さんだから、俺は惹かれたんだよ」

私を見つめる眼差しがとても真剣で、目を逸らせない。

涼さんの告白に、心臓がトクンと跳ねた。

それからイルカのショーが終わると、館内にある水槽を見て回り、次にシャチのショーを見に行く。

私と涼さんは水槽から離れた席に座ったのだけれど、シャチが大きくジャンプをするたびに大きな水しぶきが上がった。

「前列はレインコートは必須だね」

涼さんがそんなコメントをした瞬間、私の顔にも水しぶきがかかった。

「服は濡れなかった?」

彼がハンカチを出して、私の顔を拭ってきてドキッとする。

「だ、大丈夫」

さっきの告白もあって、彼に優しくされると本当に私のことが好きなんじゃないかと思ってしまう。

でも、きっと彼は、落ち込んでいる私を医者として元気づけてくれているだけだ。

彼とは一夜を共にしたけど、恋人ではない。勘違いをしちゃいけない。

すでに涼さんに惹かれているけれど、これ以上好きにならないよう自分に言い聞かせる。

「……さん、薫さん、どうしたの？」

「そんなに優しくされたら、私を好きなんじゃないかって勘違いしちゃう」

涼さんを注意する意味も込めて正直に自分の気持ちを伝えたら、彼が私の耳に顔を近づけて囁くように告げる。

「俺は勘違いしてくれて全然構わないよ」

え？

ビックリして顔を上げて涼さんを見たら、彼がどこかミステリアスな笑みを浮かべていてドキッとした。その瞳はしっかりと私の目を捕らえて離さない。

「私……涼さんより年上なのよ」

二歳しか変わらないと言う人もいるかもしれないが、私としてはその差が気になる。

だが、素直に受け入れられない一番の理由は、彼が副社長の双子の弟だということだ。神戸でのあの夜のことを副社長や真理ちゃんに知られてはいけない。

「たった二歳だよ。誤差じゃないか。それに、薫さんて俺より年下に見える。実は年齢詐称してない？」

穏やかで優しい彼が遠慮なくそんな話をしたものだから、ぎょっとして言い返した。

「してないよ。免許証見る？」

バッグに手を伸ばしたら、彼にハハッと笑われた。

「薫さん、ムキになりすぎ。ホントかわいいよね」

その不意打ちの言葉に、ボッと火がついたみたいに顔の熱が急上昇する。

「全然かわいくないよ」

「自覚がないって怖いね」

優しく目を細めて微笑する彼があまりにかっこよくて、もうなにも言えなくなった。

ショーを見終わると、館内のレストランで食事をし、海の生物にちなんだグッズを売っているショップに立ち寄る。

「このシャチのストラップかわいい」

モコモコ素材のシャチのストラップを見つけ、手で触れた。

やっぱりシャチがかわいかったから、なにかグッズが欲しい。

「あっ、抱き枕もかわいい」

シャチの抱き枕を手に取ると、彼が真剣な口調で言う。

「うーん、抱き枕はうちには置けないかな。薫さんが俺に抱きついてくれなくなる」

「いつも抱きついてません」

彼のジョークに、わざとツンケンした態度で返した。

「そうだっけ？　それで、なにか買うの？」

「あっ、買う。だってシャチかわいかったし」

ピンポン玉くらいの大きさのシャチのマスコットのストラップを手に持ってレジに行くと、ついてきた涼さんが「これで」と電子決済で払ってしまった。

「ちょ……待って。私……払うよ」

水族館の入場料も、さっきのレストランの食事代も彼が払ってくれた。

「いいよ。そんな高い物じゃないし。俺からのプレゼント」

「……ありがとう」

はにかみながら礼を言って、ストラップをギュッと握りしめた。

ショップを出ると、その入り口の前で三歳くらいの男の子がひとりで泣いていて、気になって声をかける。

「ママかパパはいないの？」

「……いない」と呟いてすすり泣く男の子を見て、優しく元気づけた。

「大丈夫。お姉さんが一緒に捜してあげる」

「お兄さんたちと一緒に見つけよう」

私の横にいた涼さんが手を伸ばして、男の子を軽々と肩車した。

「パパかママ見えるか？」

涼さんに聞かれ、男の子がキョロキョロと辺りを見回して、突然叫ぶ。

「ああ～、パパ見つけた！　パパ～！」

その声を聞いて、男の子のパパがこちらに走ってやってきた。

男の子を無事にパパに引き渡し、私も涼さんもホッと胸を撫で下ろす。

「無事に見つかってよかったよ」

「うん。涼さんの肩車がよかったのかも。男の人だなって思っちゃった」

私がそんな発言をしたら、彼が大袈裟にがっくりした顔をする。

「ショックだな。今まで男って認識されてなかったんだ？」

「ちゃんと認識してます」

真顔で返すと、彼がフッと微笑した。

「ならいいけど。薫さんが男の子に気づかなければ、そのまま通り過ぎてたかも」

涼さんは背が高いから、人ゴミの中にいる子供に目が行きにくいと思う。

「私もたまたま気づいたの。甥がいてね。今、七歳だけど、さっきの子、小さい時の甥に似てたんだ」

私の話に彼が興味を示した。

「へえ、薫さんに似てる？」

「うーん、目元は似てるって言われる」

「そうなんだ。いつか会ってみたいな」

涼さんがそんな願望を口にしたけれど、甥に会うことはないと思った。

「福井にいるから、難しいかな」

曖昧に笑って返すと、彼が小さく相槌を打つ。

「そう。もうすぐ暗くなるし、そろそろ帰ろう」

水族館を出て駐車場へ向かっていると、「危ない！」と涼さんの声がして、急に抱き寄せられた。どうやら後ろから走ってきた車に接触しそうになっていたようだ。

「ハーッ。薫さん、ボーッとしないで。車に気づかないから焦った」

「ごめん。気をつけるね」

ドキドキしながら謝ると、彼が私の頭をポンと軽く叩く。

「心配でひとりで歩かせられなくなりそう」

ちょっと心配性な彼に、ヘラヘラ笑って返した。

「三歳の子供じゃないんだから」

「まだ三歳の子の方がマシかな。素直にちゃんと言うことを聞くよ」

ダメな子を見るような目で私を見て、彼は私の手を握って歩きだした。

「涼さん……手」

戸惑いながら涼さんに言うと、さらに手をギュッとされた。

「また轢《ひ》かれそうになったら困る」

信用されてない……と思いつつも、彼のその手を振りほどけなかった。

こんな風に私を心配してくれる男の人なんていなかったから――。

時間はたっぷりある ― 涼side

「どこか寄りたいところある？　買いたいものとか」

水族館の駐車場でシートベルトを締めながら薫さんに聞くと、彼女は笑顔で返した。

「服とか必要なものはネットで頼んだから大丈夫。多分、今日の夜には涼さんのマンションに届くかと」

まだ午後四時過ぎだからショッピングモールに立ち寄る時間はあるが、本人が必要ないと言うなら東京にまっすぐ帰るか。

「そう。疲れただろ？　寝てていいよ」

カーナビを設定して薫さんに目を向けると、彼女が俺を安心させるように笑ってみせた。

「平気。そんなに疲れてないから。それに運転する涼さんに悪いよ」

「俺に気を遣うことなんてないよ。それとも俺を警戒してる？」

悪戯っぽく目を光らせると、彼女は慌てて否定した。

「け、警戒なんてしてない」

「どうせうちに連れて帰るんだから、警戒しても無意味だけどね。いつだって手を出せる」

「りょ、涼さん！」

俺の発言に動揺している彼女がかわいい。

「まあ冗談はさておき、眠くなったらシート倒して休んでいいから」

「……ありがと」

ボソッと彼女が礼を言うと、水族館の駐車場を出て、東京方面に車を走らせる。

「シャチのショー、感動した。あんな大きいのに高くジャンプするし、トレーナーと一体になって泳ぐのがすごかった。連れてきてくれてありがとう」

「どういたしまして。俺も楽しかった」

今日みたいに誰かと出かけることなんてあまりなかったから、薫さんが一緒で心から笑うことができた。

しばらく運転していると、彼女が「あっ、そうだ」と言って、なにやらバッグの中を漁る。信号待ちになって薫さんをチラッと見ると、彼女はシャチのストラップを早速スマホにつけていた。

「見るたびにシャチのこと思い出しそう」

屈託のない笑顔を見せる彼女に、優しく言う。

「また来よう」

毎日使うスマホにつけてくれたのが嬉しい。

アクアラインを走る頃には、薫さんがうとうとしだした。

「シート倒して寝ていいよ」と声をかけるが、やはり俺に悪いと思っているのか素直に従わない。必死に睡魔と戦っていたが、十分後には夢の中へ――。

途中サービスエリアに寄り、彼女のシートを倒して俺のジャケットをかける。

無防備なその寝顔。

疲れて当然。でも、うちに籠もっているよりは、外に連れ出して正解だったと思う。

今日はだいぶ笑顔も見られたし、俺もいつになく楽しんだ。

シャチやイルカのショーを見てはしゃぐ彼女が、キラキラしていて目に眩しかった。

ショーよりも薫さんに目を奪われていたような気がする。やはりずっと彼女に会いたいと思っていたからだろうか。

あと、不思議なのは、薫さんの前だと素でいられる。多分、彼女に逃げられて、意地悪な自分を見せてしまったせいかもしれない。

本気の恋なんて自分には縁がないと思った。母親が俺たち兄弟よりも恋人を選んだ

ことも あって、女性を心から愛せなかったのだ。俺を好きになってくれる女性のことだって、どうせ俺が綾小路家の人間だから近づいてきたのだろう……と、冷めた目で見ていた。

だが、薫さんと出会って、今は恋に落ちるというのがどういうことかよくわかった。本当にその人しか見えなくなる。

だから、今不幸のどん底にいる彼女を元気にさせたい。そして、心から笑ってほしい。そう……。

「ずっと笑顔でいて」

彼女の寝顔を見ながらポツリと呟くと、また車を発進させた。

今まではひとりでいるのが一番だと思ってきたけど、こうやって誰かとドライブするのもいい。なんていうかひとりでいる時よりも心が穏やかで、安らぐ。

二時間ほどで自宅マンションの駐車場に着くと、シートベルトを外して薫さんに声をかけた。

「薫さん、起きて。着いたよ」

「……ん。まだ……寝る」

俺の上着に頬ずりしながらそんな返答をする薫さんがおもしろかったが、いつまでもここで寝かせられるわけがなく、彼女の肩を掴んで揺すった。

「ダメだよ。寝るならベッドで寝ないと」

「もっと寝たい……のに……あっ！」

文句を言いながら目を擦っていた彼女と目が合った。

これでもかっていうくらい大きく見開いた彼女の目。

「おはよう、薫さん」

ニコッと微笑んで挨拶すると、まだ状況を理解できていない彼女がキョトンとした顔をする。

「え？　嘘、私寝てた？」

「ぐっすりとね」

薫さんの乱れた髪を直しながらそう答えたら、彼女がショックを受けた顔で俺に平謝りする。

「ああ～、ごめんなさい」

まあ体力落ちてたんだから、疲れて寝てしまうのは当然のことだ。

「謝らなくていいよ」

「でも、涼さん運転してるのに、ずっと眠ってるなんて失礼すぎ――」

「薫さん、口に涎《よだれ》ついてる」

薫さんの言葉を遮り、ニヤリとしながら嘘をつく。

「え？　やだ！　恥ずかしい〜。取れた？」

半ば叫びながら口元を拭う彼女に、にこやかに返した。

「嘘だよ」

彼女が謝る姿は見たくない。

「嘘？　もう、本当に涎がついてるのかと思って焦ったよ」

「ごめん。薫さん弄るの楽しくてね」

あたふたしている薫さんの方に手を伸ばすと、彼女のシートベルトを外した。

「あ、ありがと。ジャケットもありがと」

少し照れた様子で俺のジャケットを返す彼女に、優しく確認する。

「どういたしまして。気分は悪くない？」

「うん。寝てすっきりしてる」

声も張りがあるし、具合もよさそうだ。

「よかった」

薫さんの返事を聞いてホッとしたのも束の間、彼女がドキリとする発言をする。

「これなら明日から会社行ける」

「は？　それは許可できないな。せめてあと数日は身体を休めること」

俺が少しきつく言うと、彼女が上目遣いに聞いてきた。

「今日水族館で遊んだのに？」

「治療も兼ねてたんだよ。今日だって普通に仕事してたら、今頃病院に運ばれてたかもしれない」

一種の仕事中毒ではないかと心配になってきた。

「でもね、だいぶ復活してきたの。百メートル全力疾走は無理だけど、もう元気だよ」

「じゃあ、百メートル全力疾走できる身体になるまでは禁止だ。さあ、いつまでもここにいても仕方がない。早く降りよう」

そう声をかけて車を降り、俺の部屋に向かっていると、薫さんのバッグからスマホのバイブ音がする。彼女はすぐに自分のスマホを確認して、ハーッと軽く息を吐いた。

「なにか悪い知らせ？」

薫さんに聞くと、彼女は小さく頭を振る。

「ううん、後輩の秘書から【仕事の方は問題ないので、ゆっくり休んでください】ってメッセージが来たの。安心していいはずなのに、少しは私を頼ってほしいって思っちゃって」

「寂しいんだ？」

自分の居場所がなくなるみたいで怖いのかもしれない。

少し元気がない薫さんにそう言うと、彼女は「うん」と頷いた。

「大丈夫。会社行くようになったら、また後輩が薫さんを頼ってくるよ。義姉だってすごく頼りにしてる」

それは悠情報。義姉は自分より先に薫さんが妊娠に気づいたこともあって、彼女に仕事を辞めるタイミングや業務について相談しているらしい。

「ありがと」

薫さんが俺の目を見て微笑すると、話題を変えた。

「お腹空いてない？　夕飯食べよう。パスタとか食べられそう？」

「うん。私手伝うよ」

「麺を茹でてソースと絡めるだけだけどね」

家に上がると早速キッチンに移動して、ふたりで夕食の準備をする。ソファで休ませるつもりだったが、仕事のことを考えてしまうと思って手伝ってもらった。

夕飯を食べ終わって後片付けをしていたら、ピンポーンとインターホンが鳴った。

来たのは宅配業者で、荷物を受け取ったら、薫さんが注文した品だった。

「薫さんの荷物届いたよ。ここに置いとくから」

ソファの横に荷物を置いて、キッチンにいる彼女に声をかけた。

「ありがとう。服と靴が届いて少し安心した」

「よかったね」と彼女に微笑むと、今度はポケットに入れておいた俺のスマホが鳴った。確認したら病院からの着信で、「ちょっと電話」と断ってから電話に出る。

「はい。綾小路です」

《先生、お休みのところすみません。急患です》

緊迫した声で告げる看護師に手短に返す。

「わかった。すぐ行くよ」

電話を切ると、薫さんを見やった。

「薫さん、病院からの呼び出し。俺に構わずお風呂に入って寝てて」

「あっ、うん。気をつけて」

薫さんの返事を聞くと同時にリビングを出て玄関に向かうと、彼女もついてきた。

「行ってくる」

そう言葉をかけてドアを開ける俺に、彼女が「行ってらっしゃい」と返す。

普通の家庭ならなんてことはないやり取りなのだが、俺にとっては新鮮だった。

薫さんに微笑んで玄関を出ると、駐車場に行き、車に乗った。

「……行ってらっしゃいか」

噛みしめるように呟いてフッと笑うと、車を発進させて病院へ向かう。

運転中もスマホの操作をハンズフリーにして、急患の対応に当たっている医師と電話で話し、病院に着くと、手術着に着替えてオペ室へ。

急性心筋梗塞《こうそく》の患者で、当初カテーテル手術の予定だったが、血管が完全に詰まっていて、バイパス手術に変更になった。

「血管が破裂しないよう気をつけてください」

前立ちの医師にそう注意しながらオペを進める。

スタビライザーで心拍動を制御しながら縫合し、三時間ほどで手術を終えると、前立ちの医師が感動した様子で言う。

「綾小路先生の華麗な手さばき、すごいです。ご一緒できて光栄です」

「今日の手術、忘れないように。この仕事は経験が大事だからね」

優しくアドバイスをして、手袋を外す。手術室を出て医局に向かうと、内科医の橋本先生とすれ違った。

「あら、綾小路先生、今日はお休みでは？」

「電話で呼び出しを受けて、さっきオペが終わったところです」

「お疲れさまです。あの……月城さんはその後元気にしてますか？」

ためらいがちに彼女が薫さんのことを聞いてきて、笑顔で返した。

「ええ。うちで元気にしています。じゃあ」

橋本先生がどう思おうが構わなかったし、近くにいた看護師に聞こえようがどうでもよかった。むしろ俺に特定の女がいると広まってくれれば好都合。職員から告白されることも減る。

医局でカルテの整理を少しして、午前三時過ぎに帰宅。

静かに玄関のドアを開けると、薫さんの靴があってホッとした。内心、彼女が勝手に出ていかないか不安だったのだ。神戸でのことがトラウマになっているのかもしれない。

玄関を上がってリビングに行くと、ソファで彼女が寝ていて苦笑いした。

「やっぱりソファで寝るか」

俺がいないから、余計にベッドでは寝れないよな。

そっと薫さんを抱き上げようとしたら、彼女がパチッと目を開けた。

「あっ、涼さん、おかえりなさい」

「ただいま。ひょっとして俺を待ってた？」

ソファで座って寝ていたので薫さんに確認すると、彼女は申し訳なさそうに認めた。

「待ってたけど、寝ちゃった」

「気にせず寝ればよかったのに」

注意しつつも、なんだか温かい気持ちになる。

今まで自分の帰りを待っててくれる人はいなかった。

薫さんを抱き上げると、彼女が「キャッ」と声をあげた。

「ど、どこに連れてくの？」

「もちろん俺の寝室」

俺の言葉を聞いて、彼女が困惑した顔をする。

「でも、私が涼さんのベッドで寝るわけには」

「今さら別々に寝るのはおかしいよ。それに、薫さんが横にいないと心配で俺が寝れないから」

そう言えば、彼女は素直に従うと思った。

実際、離れて寝たら、彼女が気になって寝れないに違いない。もう体調は心配がいらなくなったが、ここからいなくなるんじゃないかってどうしても不安になる。

ベッドに薫さんを寝かせ、彼女に布団をかける。

「涼さんは？」

一緒にベッドに入らない俺を見て怪訝な顔をする彼女の頬に、そっと触れた。

「ちょっとシャワー浴びてくる。今度こそ寝てていいよ。薫さんは早く――」

「元気になるね」

俺の言葉を遮ってそう約束する彼女の目を見て頷き、彼女の額にチュッと口づけた。

「ちゃんとわかってるみたいで安心したよ。おやすみ」

口にキスしなかったのは、自分を止められなくなりそうだったから。

薫さんが元気になるまでは、優しく見守る。そう決めた。

だが――、元気になった後は、遠慮なく彼女を口説くつもりだ。

彼女は今俺の家にいるし、時間はたっぷりある。

私も初耳なんですけど

「なんだか緊張する」

秘書室のドアの前でフーッと息を吐いて、呼吸を整える。

今日は私が倒れてから初めての出勤日。溜まった仕事のメールを見るのは恐怖だけど、ようやく仕事ができる。

涼さんのマンションから来たからいつもと勝手が違い、なんだか不思議な感じがする。今日出勤することは秘書室のメンバーには伝えてあって、由美ちゃんや真理ちゃんたちから【薫さん、待ってます！】と熱いメッセージが来て嬉しかった。

涼さんには朝、『あまり頑張りすぎないように』と注意されたけど、もう日付が変わるまで残業して仕事を進めたい気分。

彼の家で同居するようになってから、私は栄養失調で倒れる前よりも元気になった。それはいつもそばで支えてくれた彼のお陰だ。

昨日も涼さんが、私を外に連れ出してくれた。

『今日は最後のリハビリだよ』

彼はたまたま仕事がオフで、今人気のサイコスリラー映画をふたりで観た後、ホテルのケーキビュッフェへ――。

カラフルでかわいいケーキが二十種類くらいあって、自然と笑みがこぼれる。

『どうしよう。全部食べたい』

『全部は無理だろうけど、薫さんが好きなの食べたら？』

『たくさん食べてる私を見て、ドン引きするかもよ』

『それはぜひ見てみたいな』

そんな会話をしてケーキを取りに行き、どれにするか真剣に悩んだ末、定番のイチゴのショートやガトーショコラ、モンブランなど五種類のケーキを選ぶ。ちなみに、涼さんはチーズケーキ一個だけだった。

『え？　涼さん、たった一個だけ？』

驚いた顔をする私に、彼が極上に甘い顔で言う。

『一個食べれば充分だから。俺のことはいいから、堪能したら？』

『あっ、うん。いただきます』と言って、まずショートケーキから食べ始めるけれど、生クリームが絶妙に美味しくて、ニンマリした。

『これ、ホールで食べられる自信があるかも』

『それはすごいけど、本当にやらないでよ。俺もちょっと味見したいな。あーん』

う……そ。り、涼さんが私に向かってあーんしてる。

その姿がなんともかわいくて、スマホのカメラで写真を撮りたくなった。いつだって余裕のある大人の男性という雰囲気なので、これはギャップ萌えだ。

『どうぞ』と言いながら、ケーキを涼さんの口に運んだら、彼が私の目をじっと見据えながらパクッと食べて、どこか少年のような顔で微笑む。

『美味しい』

その笑顔にハートが射抜かれた。

か、かわいい。

たまらずまた彼の口にケーキを運ぶと、また同じように食べて笑う。その姿がなんとも尊い。

『薫さん、俺に食べさせてると自分の分なくなっちゃうけど、いいの？』

柔らかなその眼差しに、ドキッとする。

ああ……この目。

いつだってその優しい目で彼は私を見守ってくれていた。

『あっ、もちろん。食べるよ』

慌ててケーキを口にする私に、彼がクスクス笑って注意する。

『薫さん、そんな急いで食べなくても、ケーキはいっぱいあるから』

なんだか恥ずかしくて顔が熱い。でも、今すっごく幸せ。

この時間がずっと続けばいい――。

その後、マンションに帰るが、突然激しい雨が降ってきて、玄関を上がるとすぐに濡れたコートを脱いだ。

『ひどい雨だったな』

先に玄関を上がった涼さんがバスルームからタオルを持ってきて、廊下に立ったまま私の頭をゴシゴシと拭く。

『私はいいから、涼さん早くシャワー浴びて。自分のコート脱いで私が濡れないようにしてたからずぶ濡れだよ。明日仕事なのに風邪引いちゃう』

優しい彼は、いつだって身を挺《てい》して私を守ろうとする。今だって自分のことは後回しだ。

まだ私の頭を拭いている彼を、上目遣いに見つめて注意する。

『医者なのに風邪引いちゃダメよ』

『……わかった。シャワー浴びてくる』

ようやく言うことを聞いてくれたかと思ったら、彼が着ていたセーターやシャツを脱ぎだしたので、思わず目を丸くした。

『ちょっ……涼さん、ど、どうしてここで脱ぐの？』

悲鳴に近い声で尋ねれば、彼は『服が濡れて冷たいから』と当然のように答え、シャツも脱ぎ捨てて半裸になった。

その逞しく、綺麗な体躯を見て、顔の熱が急上昇する。

『き、気持ちはわかるけど、ここで脱がなくても……』

もう〜、目の毒だよ。

しどろもどろになりながらもなんとか言い返す私を見つめ、彼が色気ダダ漏れの目で問いかける。

『そんな動揺してどうしたのかな？　俺と一緒にシャワー浴びたくなった？』

私が動揺している理由なんてわかっているだろうに、あえて誘惑してくるような目で尋ねる彼はとても意地悪だ。

『ち、違う』

ブンブンと首を振って否定する私を、彼はジーッと見つめてくる。

次にどんな行動にでるのかとドキドキしていたら、彼は私に顔を近づけてきた。

キ、キスされる⁉

とっさにそう思ったが、彼はキスはせずに、私の耳元で囁く。

『残念』

脳まで響くそのセクシーな声に、足の力が抜けて思わず壁に寄りかかる。

そんな私を見て、彼がニヤリとした。

『キスするかと思った？』

もう涼さんには翻弄《ほんろう》されっ放しで、落ち込んでいる暇なんてない。

『お、思ってない！』

声をあげて全力で否定したけど、涼さんは笑っていて――。

彼との同居を振り返っていたら、突然背後から声がしてハッと我に返った。

「月城さん、おはよう」

う、上杉さん！

「上杉さん、おはようございます。いろいろとご心配おかけしてすみません。倒れた時病院にも来てくださったみたいで」

振り返って挨拶する私を見て、上杉さんがホッとした顔をする。

「元気になってくれてよかったよ。目の前で倒れた時はすごく焦ったから」

「本当に迷惑かけちゃってすみません」

再度謝って彼と一緒に秘書室に入ると、私と上杉さんの話し声が聞こえたのか、ドアの前に真理ちゃんがいて、私に抱きついてきた。

「薫さーん」

「おはよう。真理ちゃん、心配かけちゃってごめんね」

真理ちゃんの顔を見て、安堵する自分がいる。

「本当ですよ。もう無理しないでくださいね」

ちょっと涙目で怒る彼女に、笑顔で返事をした。

「うん。わかってる」

私が倒れたと聞いて、かなり心配したと思う。

「あの……薫さん、シャンプー変えました？　前のもよかったけど、こっちのもフローラル系のいい匂いがします」

真理ちゃんの言葉を聞いて、ギクッとした。

「ああ。うん、気分変えたくて。匂いキツかった？」

そういえば妊婦さんて匂いに敏感だったよね？　涼さんと同じシャンプーだって気づかれたら厄介だ。

「いいえ。ほんのり香っていいです。どこかで嗅いだことのある香りだったんだけど、どこでかな……」

彼女が考え込むものだから慌てた。

「ほ、ほら、シャンプーは誰だって使うから、同じのを使ってた人がいるのかも」

とっさにそうごまかすと、彼女が笑顔で頷く。

「そうですね。さあ、今日も元気に仕事しましょう。あっ、上杉さん、おはようございます」

ようやく上杉さんの存在に気づいた真理ちゃんが挨拶すると、彼がおもしろそうに笑った。

「おはようございます。僕のこと全然視界に入ってなかったみたいですね」

「ごめんなさい。薫さんのことが気になってて……」

申し訳なさそうに謝る真理ちゃんを見て、私も上杉さんもクスクス笑うと、それぞれ席に着く。

パソコンを立ち上げながらデスクの上にある書類を確認していたら、他の面々がやってきた。

「薫さん、来てる～！　おはようございます！」

みんな真理ちゃんと同じような反応で挨拶した後は、普段通りに仕事を進めていく。

ランチは真理ちゃんと由美ちゃんの三人で社食に行き、日替わり定食を食べた。

「真理ちゃんがもりもり食べてるの見ると安心する」

悪阻《つわり》がひどかった時は悪い病気なのかと思うくらい食べていなかったのでそう言ったら、彼女が「それはこっちのセリフです」と私を上目遣いに睨んだ。

由美ちゃんはそんなやり取りを見て笑っている。

「どっちもどっちだと思いますよ。それにしても、真理が働くのももうちょっとだね」

由美ちゃんがしみじみと口にすれば、真理ちゃんが楽しげに目を光らせる。

「辞めてもちょくちょく顔を出すから」

冗談ではなく本気で言っている彼女に、やんわりと釘《くぎ》を刺す。

「出産直後はそんな余裕ないと思うわよ。ミルクとオムツ替えでヘトヘトになるらしいから。でも、真理ちゃんの場合は、副社長がしっかりサポートしてくれそう」

「僕がなに？」

副社長が突然現れて、上杉さんと隣のテーブルに座るものだからドキッとした。

一瞬、涼さんかと思った。心臓に悪いよ。

「副社長なら真理さんの育児のサポートをしっかりしてくれるという話をしてたんで

す」

動揺を隠しながらとっさに笑顔を作って答えると、副社長はチラリと真理ちゃんを見て優しい笑顔で返す。

「ああ。もちろん、そのつもりだよ。倒れたら困るからね。そういえば、月城さんは今日から復帰したんだよね？　無理しないでね。会長も心配するから」

「はい。ありがとうございます」

真理ちゃんと結婚してから、副社長は変わったように思う。笑顔も大人の余裕みたいなものを感じさせる。

以前は紳士スマイルで、有能なビジネスマンという印象だったけど、そこに深みが出てきた。それはきっと真理ちゃんの影響に違いない。

「悠さんが社食なんて珍しいですね」

真理ちゃんが嬉しそうな顔をすれば、副社長が上杉さんを見やって楽しげに言う。

「もうすぐ真理が辞めるから社食に行きましょうと、上杉に誘われたんだ」

「上杉さん、ナイスです」

由美ちゃんが褒めると、上杉さんは小さく微笑んだ。

「真理さんの思い出になるんじゃないかと思いまして」

「あら、じゃあふたりにしましょうか？」

私が悪戯っぽく笑って真理ちゃんにそう提案すると、彼女が文句を言う。

「もう薫さんからかわないでくださいよ。みんながいるからいい思い出になるんです」

「せっかくだから、写真撮りましょう」

私がスマホを出して写真を数枚撮ると、真理ちゃんがシャチのストラップに気づいた。

「そのストラップかわいいですね」

やっぱり女の子はこういうのすぐに気づくよね。

「と、友達がプレゼントしてくれたの」

相手が涼さんだとは言えず、つっかえながらもそう言い返したら、上杉さんがにこやかに相槌を打って自分のスマホを出した。

「確かにかわいいですね。今度は僕が撮りますよ」

「ありがとうございます」

上杉さんに礼を言うと、彼もスマホで数枚写真を撮ってくれた。

それから談笑しながら食事をするが、副社長がニコニコ顔でベビーグッズの話をする真理ちゃんをとても甘い目で見ているのに気づいた。

「最近、街で赤ちゃんを見かけると、ついつい目が行くんですよ。かわいくって。妊娠するまであまり気にしたことなかったんですけど」

「街を歩いてて急に立ち止まるから、こっちはハラハラするよ」

副社長が真理ちゃんを見てチクリと言うが、その声は愛情に満ちている。

「それは心配ですね。真理ちゃん、気をつけないとね」

フフッと笑って私からも真理ちゃんに注意すると、彼女が「はい、気をつけます」と副社長をチラチラ見ながら謝った。

本当にお似合いのふたり。周囲の空気があったかい。


食事を終え、午後も普通に仕事をする。会長が社長と外出したお陰で、溜まったメールの処理が進んだ。

真理ちゃんの仕事の引き継ぎの方は、私が休んでいる間に完了したらしい。

定時になると、真理ちゃんがデスクの上を片付け始めた。

「じゃあ、私はそろそろ。薫さんも帰らないとダメですよ」

「そうそう。早く帰ってください」

小春ちゃんも同調して私を急かすものだから苦笑いした。

「わかってます」

「なにかあれば手伝いますよ。今日社長は直帰ですし」

由美ちゃんが私を気遣ってくれて、ニコッと笑って返す。

「私の方もあとちょっとで終わるよ。みんなのお陰で急ぎの仕事もなかったから」

その後、一時間ほど残業をしてから、由美ちゃんと一緒に帰った。

前のマンションに住んでいた時は同じ電車だったので思わず一緒に改札まで行ってしまったが、ハッと気づく。

「あっ、私、買い物があるんだった。じゃあ由美ちゃん、また明日ね」

「え？　薫さん？」

由美ちゃんがポカンとした顔をしていたけど、構わずその場を去る。

マンションが火事になって、今副社長の弟のマンションにいるなんて言えるわけがない。

別の改札から電車に乗ると、フーッと息をついた。

なんかいろんな意味で疲れた。秘密を抱えるって大変。

駅に着いてスマホを見たら、涼さんからメッセージが入っていた。

【今日は帰るの遅くなるから先に寝てていいよ。残業してないよね？　無理しちゃダ

メだよ】

今日はじゃなくて今日もでは？　私の心配ばかりせず、自分の心配をしてほしい。涼さんだって倒れるよ。

なにか夕飯用意しておこうかな。

スマホでスーパーを探してお惣菜を買い、涼さんのマンションへ帰る。部屋の前でバッグの中を漁って鍵を出すが、すぐには開けられなかった。

この鍵は今朝涼さんに『これ薫さんの』と渡されたもの。男性から鍵を渡された経験がなかったから、最初は戸惑ってしまったけど、今はなんだか照れくさいような、嬉しいような不思議な気持ち。

涼さんをはっきり好きとは言えないけれど、彼に見つめられるとドキッとする。あんな優しい目で私を見つめてくる人なんて今までいなかった。

マンションが火事になった時だって私に寄り添ってくれて、それでまた頑張ろうって思えたのだ。

「失礼します」と口にしながら、鍵を開けて中に入った。

玄関を上がると、まずキッチンに行き、買ってきたお惣菜とお弁当を冷蔵庫に入れ、お米を研《と》いで炊飯予約する。炊飯器の使い方は昨日涼さんが教えてくれた。

「これでよし。着替えてちょっと寝よう」

やはり久々に仕事をして疲れた。

部屋着に着替えて、スマホのアラームをセットし、ソファに横になる。しかし、なんだか暑くて、いつも自宅でしているように、部屋着を脱いで下着姿になった。

今は誰もいないからいいだろう。

「涼さんがいないと部屋が広く感じる」

ちょっと寂しいけれど、眠気の方が勝ってすぐに寝てしまう。

一時間後にスマホのアラームが鳴ったが、すぐには起きられなくて、止めてまた五分後にセットする。

その動作を四回くらい繰り返してようやく起きると、買ってきたお弁当を食べて軽くシャワーを浴びた。それからキッチンへ行き、涼さん用におにぎりを作る。

ここでも下着姿だが、誰もいないし気にしない。ひとり暮らしの時も、下着姿でゴロゴロしていることが多かった。

おにぎりの具は梅と鮭《さけ》。鮭は瓶詰のフレークだ。ラップをしてダイニングテーブルに置くと、欠伸《あくび》が出てきた。

「あふぅ」

まだまだ寝たりない。涼さんが帰るまで寝てよう。明日も仕事だし。

またスマホのアラームをセットして、リビングのソファで横になる。

三十分だけ寝るはずが、いつもの癖で延長を何度も繰り返し……。

「……さん、薫さん」

誰かが私の肩を揺すっている。だけど、まだ眠くて起きたくない。

「うーん、あと五分」

相手が誰かも認識せずそう返したら、耳元で涼さんの声がする。

「薫さん、そんな格好で寝てると風邪引くよ」

「……涼さん？」

ハッとして飛び起きると、彼と目が合った。

私の身体には、彼のジャケットがかけられている。

「ただいま。ひょっとして俺を誘ってる？」

どこか楽しげに笑う涼さんを見て、カーッと顔が熱くなった。

「ち、違うの。いつもの癖で、下着姿でいて……」

マズい。変なとこ見られた。

激しく動揺しながらそんな言い訳をする私に、彼が床に落ちていた部屋着を手渡す。

「俺の帰りが遅いから油断してたわけだ？　俺に襲われたくなければ、服着てた方がいいよ」

「ごめんなさい」

恥ずかしくて、顔を直視できない。

「ちょっと着替えてくる」

涼さんがフッと微笑してリビングを出ていくと、あたふたしながら部屋着を着た。

「あ〜、失敗した。だらしない女って思われちゃったかな？」

仕事ではきちんとしてるけど、家に帰るとついつい気が緩んでダラダラしてしまう。

ある意味メッキが剥《は》がれた状態。

おひとりさま生活が長かったせいかもしれない。これからは注意しないと。

キッチンへ移動し、おにぎりをレンジで温めると、買ってきたお惣菜を冷蔵庫から取り出して皿に盛り付ける。こちらもレンジで温めてダイニングテーブルに並べていたら、部屋着に着替えた涼さんが現れた。

「涼さん、夕飯まででしょう？」

「ああ。これからカップ麺でも作ろうかと思ってた」

彼が少し疲れた顔で言う。チラリと掛け時計に目をやると、もう午前零時を回っていた。

「あの……おにぎり作ったんだけど食べる？」

人が作ったおにぎりが苦手な人もいるので遠慮がちに聞くと、彼が子供みたいに顔をくしゃくしゃにして笑った。

「疲れてたのに作ってくれたんだ？」

この顔、なんかかわいい。いつも大人な雰囲気なのに。

「あっ、唐揚げはスーパーで買ってきたの。私、料理苦手で」

料理上手と思われても困るので、慌てて付け加えるが、彼は気にせず嬉しそうに礼を言う。

「手作りのおにぎりって初めてなんだ。ありがとう。なんだか感動する」

「え？　初めて？」

彼の発言を聞いて、驚くと同時に心配になる。

やっぱり人がにぎったのは食べられないんじゃあ……。

「そう。初めて。コンビニのはたまに食べるけどね。いただきます」

涼さんが席に座り、手を合わせておにぎりを食べ始める。

「美味しい。コンビニのより柔らかくて、俺好み」

「本当？　よかった。私ね、おにぎりくらいしか作れないの。お粥ですらレトルトのを買ってて……引くよね？」

私が料理が苦手なのは、職場の誰も知らない。涼さんには素の姿をすでに見られているから、そんなぶっちゃけ話をするが、彼の反応は想像していたのとは違った。

「別にレトルトでもいいと思うけど。病気になったら、つらくて料理なんかできないよ」

「でも、病気じゃなくてもうまく作れないの。実家で暮らしてた時にもっと料理すればよかったって思ってる」

そしたら、スーパーのお惣菜じゃなく、美味しい手作り料理を食べさせてあげられたのに。

「今は料理ができなくても、美味しい惣菜とかすぐに買えるから、気にすることない」

涼さんが優しくフォローしてくれて、小さく頷いた。

「うん。ありがと。私のお姉ちゃん、なんでも上手にできちゃったから、料理も私は下処理くらいしかさせてもらえなくて……不貞腐れて、料理嫌いになったんだよね」

「そういうのわかるよ。俺も一時期なんでもできる悠を恨めしく思った時があったからね」

お医者さんで地位もあるのに、彼がそんな話をしたのでビックリした。

「え？　涼さんが？　なんだか意外。でも、今は違うんだよね？」

「ああ。でも、後ろめたさはちょっと感じてる」

「どうして？」

後ろめたいってなにがだろう？

「小さい頃はＡＹＮ商事を継ぎたいって思ってたけど、足を怪我したことがきっかけで、医者の道に進んだから。ＡＹＮ商事を悠だけに背負わせることになって罪悪感を覚えているんだ」

珍しく暗い表情をするので、彼の手をギュッと握って微笑んだ。

「涼さんがお医者さんになってくれてよかった。だって、今私がこんなに元気になったのは涼さんのお陰だもの」

倒れて搬送された病院で再会して、いろいろあって彼のマンションに住むことになって……。

「薫さんの助けになれたのならよかった。……そうだな。医者になって正解だったな」

私を見つめながら笑顔で返す彼を見て、ホッとした。

うん、やっぱり涼さんには、いつだって笑っていてほしい――。

「……未熟な私を温かく見守ってくれて、とても感謝しています。辞めるのは寂しいですが、出産後は違う形でAYN商事を支えていきたいと思います」

銀座にある豆腐懐石のお店で開かれた送別会で、真理ちゃんが笑顔で挨拶し、みんなで乾杯する。集まったのは役員と秘書室のメンバー。

「真理の次は薫さんが結婚しそう」

由美ちゃんが突然そんな話題を出してきて、ギョッとする。

「ちょっと由美ちゃん、そんな予定全然ないから」

慌てて否定するが、小春ちゃんがわざと刑事のような鋭い目で私をからかってきた。

「そうですかあ？　薫さん、最近すっごく色っぽいですよ」

「病み上がりで弱々しいの間違いじゃないの？」

平静を装って返すが、真理ちゃんも小春ちゃんに同調する。

「最近携帯のストラップ見てニヤニヤしてるし、小春ちゃんが言うように、薫さん怪しいですよ」

私、ニマニマしてた？

自分でも驚いていたら、真理ちゃんの隣にいる副社長と目が合って、ドキッとした。

静観しているが、副社長の目はおもしろそうに笑っている。

一瞬涼さんかと思って固まるが、よくよく見るとなにかが違う。副社長の顔はなにかが足りない。なにが足りないんだろう。

そんなことを考えていたら、上杉さんがスマートな笑顔で私に声をかけ、目配せしてきた。

「月城さん、会長に烏龍茶ひとつお願いします」

自分の役目を思い出し、「あっ、はい」と頷いて返事をすると、座敷を出て厨房に向かう。

涼さんの家に住み始めて二週間経った。

彼との生活はとても居心地がよくて、ついつい油断してゴロゴロしてしまう。

そんな私を見ても、涼さんは『薫さんってうちにいるとアザラシみたいだね』と笑って受け入れてくれる。

元カレといた時は週末だけ一緒というのもあったけど、常に緊張状態だった。だらしないところは見せられない。ずっとそう思っていたのだ。そんな関係だから、元彼には身体を許せず、浮気されたのだろう。

でも、涼さんの前だと気が緩んでしまう。もう痩せ細ってボロボロの状態を見られているからかもしれない。

一緒のベッドで寝ているけれど、彼は私を抱かない。

甘い目で私を見つめてくるのに、キスだってするのに……肌は重ねない。

彼がなにを考えているのかわからなかった。

正直言って最初の頃は抱かれなくてホッとしていた。彼に深く関わってはいけないと思っていたから。

だけど、最近はそれがなんだかもどかしく感じる。彼にもっと触れてほしいのだ。

それって……私が彼を好きだから？

副社長の顔を見てなにかが足りないと思うのも、涼さんじゃないのがわかっているからかもしれない。

涼さんはいつだって優しい目で私を見つめている。見つめられると安心する自分がいて……、気づけば彼の姿を探している。

ああ、私……涼さんじゃなきゃ駄目なんだ。

涼さんが好き。とっても好き――。

好きになっちゃいけないって、心にストッパーをかけていたはずなのに……な。

暖簾《のれん》のかかった厨房の前にいた着物姿の女性店員に、「すみません。預かってもらっていた花束と、あと追加注文で烏龍茶お願いします」と声をかけた。

「はい」とすぐに店員が紙袋に入った花束とプレゼントを持ってきてくれた。これは今日真理ちゃんに渡すもので、本人に見つからないよう預かってもらっていたのだ。

「ありがとうございます」

礼を言って座敷に戻ろうとしたら、細長い板張りの廊下を曲がったところで、「薫さん？」と声がした。

「え？　涼さん？」

目の前にスーツ姿の涼さんがいて、パチパチと目を何度か瞬いた。

まさか外でばったり彼に会うとは思ってもみなかった。しかも、彼への気持ちを自覚したこのタイミングで会うなんて……。

「送別会ってここだったんだ？」

涼さんに聞かれ、心臓がドキドキしていたけど、平静を装って答える。

「うん。涼さんは仕事で？」

周囲にうちの会社のメンバーがいないか気にしながら声を潜めて聞くと、彼が小さく笑みを浮かべながら頷いた。

「ああ。上司に誘われてね。ところで、どうしてそんなにビクビクしてるのかな？」

「だって、会社の人に見つかっていろいろ聞かれたら大変だから」

薄暗くて、人目につかない場所だけど、こうして話をしている間も誰かに見られるんじゃないかって、周りを気にしてしまう。

「……俺たちってそんなやましいことしてる？　もうバレたってよくないか？」

その声に不穏な響きを感じてハッとしたら、彼が壁際に私を追い込んでいきなり唇を奪った。

「ん……んん！」

いつも優しい涼さんがまるで噛みつくようにキスをしてきて、ビックリして目を大きく見開くが、怖くはなかった。

思わせぶりなセリフは口にしても、ずっと紳士的な態度で接してきたから、本当は私に興味はないんじゃないかって思ってて……。

こんな風に求められて嬉しかった。

細胞が目覚めるっていうか、今……生きている……そんな感じがする。

目を閉じて涼さんの口づけに応えていたら、突然彼がキスをやめたので唇が寂しくなった。

「涼さん、どうしたの……？」

「もう俺しか見るな」

どこか切なさを秘めた声で返して、彼は再び情熱的に私の唇を奪う。

時間も場所も忘れ、彼のキスに応えていたら、「涼？　……と月城さん？」と副社長の声がして、急に現実に戻った。

「どうかしたのか？」

私はただただ呆然としていて声が出なかったけど、涼さんはしれっとした顔で答える。

「彼女が転びそうになってね。月城さん、大丈夫？」

「……だ、大丈夫です。ありがとうございました」

涼さんが少し気遣うように顔を覗き込んできたので、なんとかそう答えてこの場から早足で立ち去る。

副社長の視線を感じたけれど、決して足は止めずに座敷の前まで戻った。

あ〜、なにあっさり流されてるの〜。ここがお店だってこと、すっかり忘れてた。涼さんが盾になってたとはいえ、絶対に副社長にキスしてるのバレてたよ。涼さんがごまかしてくれたけど、副社長は気づいてたような気がする。

でも、お願いだから騙《だま》されてほしい。涼さんとの関係が副社長にバレたら、真理ちゃんの耳にも入って、馴れ初めとか聞かれる。それだけは絶対に避けたい。

なにか聞かれても、私も平然としていなくちゃ。

それにしても、涼さんはなんでここで私にキスなんかしたの？　からかわれた？

でも、あのキスは冗談ではなく本気だったような気がする。

ううん、勘違いしちゃダメ。やっぱりからかわれたんだよ。

本当に好きだったら、私を抱くはずでしょう？

家に置いてくれてるのだって、私の窮状に同情しているから。

そう。私を好きだから置いてくれてるわけじゃない。

胸に手を当てて気持ちを落ち着かせると、引き戸を開けて中に入る。

ちょうど副社長も戻ってきて、もう合わせる顔がなかった。

「あっ、どうぞ」と声をかけて先に入ってもらうと、副社長が穏やかに微笑んだ。

「ありがとう」

その目が楽しげに光っているように見えたのは、気のせいだろうか。

き、きっと意識しすぎなのよ。

平常心、平常心……と自分に言い聞かせて中に入ると、由美ちゃんと目が合って、コクッと頷いた。

私のもとにやってくる彼女に、「由美ちゃんはこっちお願い」とプレゼントの方を預け、みんなに声をかける。

「では皆さん、ここで綾小路真理さんに花束を贈呈したいと思います。真理ちゃん、今までお疲れさま。元気な赤ちゃん産んでね」

こちらにやってきた真理ちゃんに花束を手渡すと、彼女が目を潤ませながら私に抱きついてきた。

「薫さん……今までありがとうございました。薫さんは私の大事な先輩で……私の実の姉のようで……」

感極まって泣きだす彼女。そんな彼女が愛おしくてたまらない。

「うん。私にとっても真理ちゃんは私の大事な後輩で、大事な妹よ」

私も涙ぐみながら笑顔で頷いて彼女の背中を優しく叩くと、今度は由美ちゃんがプレゼントを渡す。

「真理、これ秘書室のみんなから」

「みんな……ありがとうございます」

真理ちゃんが笑顔で礼を言いながら、プレゼントを開ける。

中に入っているのは、ベビー用のバスタオルとボディーケアグッズ。

秘書室のみんなで相談して決めて、由美ちゃんに買ってきてもらったのだ。

「すごく嬉しい」

真理ちゃんがバスタオルに触れて、とても幸せそうに微笑む。

彼女は由美ちゃんと小春ちゃんとも抱き合い、上杉さんには「上杉さんのことはお兄さんのように思ってましたよ」ととびきりの笑顔を見せた。

さすがに上杉さんに抱きつくわけにはいかないよね。副社長も心なしかホッとした顔をしているような気がする。

役員からのプレゼントもあって、専務が代表して真理ちゃんに商品券を手渡した。

「お疲れさま。これでベビーグッズでも買ってね」

「……はい。役員の皆さんもありがとうございます」

真理ちゃんが泣きながら頭を下げると、いつの間にかそばに来ていた副社長が彼女の肩をそっと抱いて、私たちに礼を言う。

「今日は涙が止まらないな。みんなありがとう」

誰からも愛される彼女が羨ましい。

ううん、彼女がとってもいい子だからみんなに愛されるのよね。いい子だから……彼女がいなくなると思うと寂しい。

真理ちゃんと副社長をじっと見ていたら、また涙が込み上げてきた。

「月城さん、大丈夫？」

上杉さんが心配そうに声をかけてきて、笑顔を作って返す。

「はい。すみません。もうすぐいなくなるんだって実感しちゃって」

「これから関わりがなくなるわけでもないし、会おうと思えば会えるから」

「そうですね」

上杉さんの言葉に、涙を拭って頷いた。


それからしばらくして会はお開きになり、タクシーで帰る副社長と真理ちゃんをみんなで見送った。

他の役員も社用車やタクシーに乗って帰っていくのを見届けると、由美ちゃんが私に声をかけた。

「薫さん、カラオケ行きます？　小春ちゃんが行きたいって言ってますけど」

「うーん、今日は遠慮しておくわ。明日も会社あるし」

二次会に行くと帰宅が深夜になるから、次の朝起きるのがつらくなる。

「そうですか。では、また明日」

去っていく由美ちゃんたちに手を振ると、上杉さんに呼ばれた。

「月城さん、方向一緒だよね？　タクシーで帰ろうか？」

そういえば前のマンションは、上杉さんと最寄り駅が一緒だったっけ。

「あの……実は引っ越しまして」

とりあえずバレてもいい情報だけ伝えたら、彼が驚きの声をあげる。

「え？　そうなの？　どこに？」

「それはですね……」

これ以上は言えなかった。上杉さんのことだから、きっと家の前まで送ってくれるに違いない。でも、それだと困るのだ。

私の給料であの高級マンションに住んでるのは違和感を覚えると思う。当然上杉さんなら、誰かと一緒に住んでいると考えるはず。

どう答えようか考えていたら、背後からカツンカツンと靴音がして、私の真後ろに誰かが立った。

「彼女は僕と一緒に帰るので大丈夫ですよ」

それは涼さんの声。

「りょ……涼さん？」

飛び上がるほどビックリして後ろを振り返るが、涼さんは私と目を合わせず、じっと上杉さんを見据えている。

「え？　……涼さんがどうして？」

上杉さんがポカンとした顔で聞き返すと、涼さんはフッと微笑しながら我が物顔で私の肩を抱いた。

嫌な予感がして、「あの、彼とはご近所さんで――」と口を挟んだら、涼さんがニコニコ顔で被せてくる。

「薫さんと付き合っているんですよ」

ええ～！　私も初耳なんですけど。

涼さんの衝撃的な発言に、目を大きく見開き、心の中で声をあげた。

全力で愛したい　―　涼side

「ただいま……って、また寝てる」

仕事を終えて家に帰宅すると、薫さんがリビングのカーペットの上で寝ていて、自然と顔が綻んだ。

ソファで寝ればいいのに……と思いながら、寝室からブランケットを持ってきて彼女にかけてやる。最近、これが俺の日課になってきた。

彼女のこのかわいい寝顔を見ていると、一日の疲れも忘れる。彼女がいるから、家に帰るのも嬉しくて……。

こういうのを幸せっていうんだろうな。

俺が帰宅した時、彼女はたいてい寝ていて、ソファの前のテーブルには漫画が山のように積んである。

その漫画は薫さんの愛読書。学園物の少女漫画で、彼女が『漫画買ってもいい？』と俺にわざわざ許可を取ってネットで購入したものだ。以前も持っていたが、火事で焼けてしまったらしい。仕事が終わると読むのが日課だそうで、必ずテーブルの上に置いてある。電子版も持っているらしいが、紙の方が好きなようだ。俺も彼女に勧められ、数冊読み進めている。

ヒーローは眉目秀麗で文武両道な生徒会長。メガネをしているし、普段紳士を演じている悠に似ていて、漫画なのは重々承知しているが、ちょっと妬《や》けなくもない。

彼女は元彼に振られてからずっと架空の世界に現実逃避してきたわけで、もっと現実の俺を見てもらえるように頑張らなければと思う。

しばし彼女の寝顔を見つめると、服を着替えに寝室へ。

夕食の前にシャワーかな。手術があると、どうしても血の匂いが身体に染みつく。

軽くシャワーを浴びてリビングに戻ったら、彼女はもう起きていてキッチンにいた。

「あっ、おかえり」

「ただいま。なに作ってるの?」

「とん汁。とりあえず材料を切って鍋に入れてみたの。でも、まずは私が毒味してから――」

彼女が小皿に入れた豚汁を奪い、口に運ぶ。

「毒味なんていいよ。……ん、普通に美味しい」

「お世辞でなくて本当に?」

半信半疑の彼女に、にっこりと微笑む。

「本当に美味しい。これなら毎日食べたい」

「毎日は飽きるよ」

「なんだか新婚みたいだな」

目を細めて笑みを浮かべれば、彼女の顔がボッと火がついたみたいに真っ赤になる。

「あ〜、私、ブランケット片付けてくる。ソファの上に置いたままだから」

ぎこちなく言ってリビングに移動しようとする彼女の手を掴んだ。

「そのまま置いとけばいいよ。また明日薫さん使うと思うから」

「ぐーたら女って思ってるでしょう？」

ちょっといじけた顔で俺に尋ねる薫さんを見ていると、ついついからかいたくなる。

「まあね」

ニヤリとして認めたら、彼女が両手で顔を隠しながら俺に同意を求めてくる。

「女として終わってるよね？」

「いや。かわいいよ」

すかさず否定して薫さんの手を外し、チュッと口づけると、彼女が目をパチクリさせた。

彼女がうちにいるだけで毎日が楽しい。こんな幸せな日々が続けばいい。

心の中でそう思った。


「綾小路くん、私も今帰るんだが、一緒に食事でもどうかな？」

仕事を終えて家に帰ろうとしたら、心臓血管外科の橋本部長に声をかけられた。

薫さんは今日は義姉の送別会で遅くなるし、別に用事はない。

「ええ」と笑顔で返事をして、病院の前でタクシーを拾い、橋本部長の行きつけの店に向かう。

場所は銀座で、中央通り近くのビルの前でタクシーを降り、エレベーターで二階に上がると、豆腐懐石のお店があった。

木の温もりを感じる内装で、畳の匂いがする和の空間はとても落ち着いていて、都会の喧騒《けんそう》を忘れさせてくれる。

和服姿の店員に案内されてこぢんまりとした四畳半くらいの和室に入ると、橋本部長が「コース料理でいいか？」と聞いてきた。

「お任せします」

長くなりそうだな。なにか話があって俺を誘ったのだろう。

橋本部長が店員に「いつものを頼む」と伝え、ふたり向かい合って席に着く。

「実はね、三年後に都内に心臓血管外科の専門病院を作る計画が進められている。私がそこの院長に就任予定で、今スタッフを探しているところなんだ。綾小路くんには心臓血管外科部長を任せたいと思っている」

橋本部長の話に少々驚いた。

「僕がですか？」

最近、橋本部長の不在が多くて、恐らく異動絡みとは予想していたが、まさか俺も関係していたとは。

「ああ。君はアメリカでの経験もあるし、腕も確かで、人望もある」

「僕なんてまだまだ若造ですよ」

笑って謙遜する俺に、彼は真剣な眼差しであるプランを説明する。

「まあそう言う人間もいる。そこで、来年ドイツへ行って、最先端の医療技術を学んでさらに腕を磨いてきてほしい。あそこには世界一の心臓血管外科医がいるからね」

「ああ。ベルガー博士ですね」

実はアメリカで一度だけベルガー博士のオペを見学したことがある。当時、心臓外科医では世界でひとりしかできなかった手術支援ロボットを使用した心臓外科手術を目の当たりにし、とても感銘を受けた。手術時間も短く、患者の負担も少ない。現在、その手術ができるのは、彼と彼に師事した数名の医師のみ。機会があれば、彼のもとで学びたいと思っていた。

「もうベルガー博士には話をしている。あとは君の返事をもらうだけだ。まあ一年に六百以上のオペをこなす生活になるが、君のキャリアには間違いなくプラスになる」

確かにとても魅力的な話だが、薫さんのこともあって即答できなかった。

「ちょっと考えさせてください」

「すぐに快諾するかと思ったが、まあいいだろう。正式決定は来年だから、じっくり考えてみてくれ」

多分、薫さんに会う前ならすぐに受けていただろう。

「わかりました」

橋本部長の目をしっかりと見て、返事をする。

それから料理が運ばれてきて堪能していると、祖父から電話がかかってきた。

「すみません。ちょっと失礼します」

ひと言断って、部屋から少し離れた通路で電話に出る。

《今度の日曜は空いているか？》

なんの前置きもなく話を切り出されたが、最近同じような電話がかかってきているので、思わず顔をしかめた。

「すみません。約束があります」

どうせ縁談絡みの話だろう。今のところ予定はないが、薫さんと出かけるかもしれない。

《だったら、その次の日曜は是が非でも空けておくように》

祖父が少し厳しい声で命じたけど、素直に従えない。

「なにがあるんです？」

念のため理由を聞くと、やはり予想通りの答えが返ってくる。

《見合いだ。お前もそろそろ身を固めろ》

「見合いするほど暇じゃないんですよ」

悠が結婚してからというもの、祖父と親父は俺にしつこく結婚するように言ってくる。毎回手術だとか言って逃げてきたのだが、最近は電話してくる回数も増えてきた。

祖父は心臓に持病があるから、無視もできない。

《そんなこと言ってると一生独身だぞ。お前も家庭を持って――》

「心に決めた人ならいます。では」

祖父の言葉を遮ってそう言い返し、電話を切った。直後にまた着信があったが通話を拒否すると、一分も経たないうちにメッセージが来た。

【今度詳しく聞かせなさい。また連絡する】

老人にしてはメッセージを打つのが速い。

変なことに感心しながらスマホをポケットにしまい、部屋に戻ろうとしたら、薫さんの姿が見えた。照明が薄暗いが、彼女だってすぐわかる。

「薫さん？」

声をかけると、彼女がようやく俺に気づいて、驚きの声をあげる。

「え？　涼さん？」

「送別会ってここだったんだ？」

薫さんに近づくと、彼女が周りを警戒しながら頷く。

「うん。涼さんは仕事で？」

「ああ。上司に誘われてね。ところで、どうしてそんなにビクビクしてるのかな？」

まるで密会してるみたいだ。

「だって、会社の人に見つかっていろいろ聞かれたら大変だから」

彼女が少し気まずそうにそんな理由を口にする。

「……俺たちってそんなやましいことしてる？　もうバレたってよくないか？」

会社の人というよりは、悠に見られるのが嫌なんじゃないのか。

これは嫉妬だ――。

彼女を壁際に追い詰めて、その唇を奪う。

「ん……んん！」

くぐもった声をあげる彼女。

悠ではなく、もっと俺を見ろよ。

ここが店の中とか、誰かに見られるとかどうでもよかった。

薫さんも俺のキスに応えていたが、一度唇を離した。ただ流されるんじゃなくて、誰と唇を重ねているのかちゃんと彼女に認識してもらいたかったのだ。

「涼さん、どうしたの……？」

怪訝な顔をする彼女に、自分の気持ちをそのまま言葉にする。

「もう俺しか見るな」

独占欲剥《む》き出しだって自分でも思う。

だが、欲しいのは、世界中探しても彼女だけ――。

彼女さえいれば、他の女なんていらない。だから、彼女も俺だけを見てほしい。

思いを込めて口づけていたら、不意に悠の声がした。

「涼？　……と月城さん？」

ハッとしてキスをやめ、声の方を振り返ると、悠がいた。

「どうかしたのか？」

悠と目が合い、平然と返す。

「彼女が転びそうになってね。月城さん、大丈夫？」

キスに夢中になっていて彼の気配に全然気づかなかったが、そのことを悟られてはいけない。

再び薫さんに視線を向けると、彼女はかなり動揺していてすぐに目が合わなかった。まあ、悠に見つかったのだから当然だろう。

とっさに嘘をついてごまかしたが、悠が素直に信じるとは思えない。

悠から隠すようにして薫さんを見つめていたら、彼女とほんの一瞬目が合った。

「……だ、大丈夫です。ありがとうございました」

なんとか取り繕うように言って、薫さんは俯き加減に俺から離れてこの場を去っていく。彼女がいなくなると、悠が自分の唇を指でつんと突いて俺に教える。

「口紅ついてるぞ」

薫さんは普段から目立つ色の口紅は使っていない。しかも、この明るさでは口紅がついているなんてわからないはず。悠は俺にかまをかけているのだろう。

「なに？　口紅って？」

何食わぬ顔でそう聞き返すと、悠がフッと笑った。

「引っかからないか？　だが、なにか覚えはあるんじゃないか？」

「さあ、なんのこと？」

少し首を傾げてしらばっくれる俺を、悠がじっと見据えてくる。

「とぼけるのはいいが、遊びで月城さんと付き合うなよ。うちの社員だし、真理の大事な先輩なんだから」

ごまかしたところで無駄なんだろうが、俺が認めれば薫さんが困ったことになる。

俺はバレてもいいのだが、結局彼女の立場を第一に考えてしまう。

「仕事が忙しくて女遊びなんてできないよ。じゃあ」

今度は嘘は言っていない。本気で薫さんを口説いている。

どうでもいい女は俺にしつこくしてくるのに、本命は一緒に住んでいてもなかなか俺を好きになってくれない。時間をかけてゆっくり口説こうと決めたのに、さっきドイツ行きの話をされ、急に焦りを感じた。

ドイツ行き……どうするかな。いや、答えなんて決まってる。

――俺は薫さんと行きたい。

まずは俺たちの関係をどうにかしないと……な。ドイツ行きの話はそれからだ。

そんなことを考えながら部屋に戻り、部長にひと言謝ってまた自分の席に着く。

「すみません。抜けてしまって」

「病院からだったか？」

部長が急患だと思っているようなので、小さく頭を振って否定する。

「いえ、祖父からでした」

「君は綾小路の一員だから、縁談の話でもあったのかな？」

フッと笑いながら部長が聞いてきて、コクッと頷く。

「まあ、そうです。双子の兄が結婚したもので、周りも『お前も結婚しろ』とうるさく言ってくるんですよ」

跡を継いだわけでもないのに、干渉してくるのは想定外だった。

「なんだか想像がつくよ。だが、君ももう結婚してもおかしくない年だ。ドイツに行くにしてもそばで支えてくれる人がいれば、君も安心できるんじゃないか？」

「それはそうでしょうが、自分のパートナーを便利な女扱いはしたくないです」

薫さんには薫さんの都合もあるわけで、道具にする気はない。

「まあそう言うな。実際、支えてくれる人がいれば、仕事にも集中できる。……私の娘の早紀はどうだろう？　君のことをとても尊敬しているんだが」

部長が俺の顔色を窺《うかが》いながら聞いてくる。普段プライベートの話は一切しないが、ちょっと父親の面が見えて彼も人間なんだと思った。

「すみません。せっかくのお話ですが、もう心に決めた人がいまして」

薫さんしか見えないのに、他の女性のことなど考えられない。

「そうか。まあ老いぼれの戯言《ざれごと》だと思って聞き流してくれ」

「なにを言ってるんですか。先生は日本でも三本の指に入る心臓血管外科医ですよ」

もし自分が心臓病で倒れたら、手術は絶対に彼にお願いする。

「もう実力では君に抜かれてる。六十にもなれば長時間の手術がキツイ。まあ、そういうのは全部君に任せているがね」

悪戯っぽく笑ってみせる部長に、「仕事を選ばないでくださいよ」と笑顔で返した。

それから食事を終え、店の前で部長と別れると、薫さんがいるのを見つけて……。

「薫さ――」

声をかけようとしたら、上杉さんの声がしてハッとする。

「月城さん、方向一緒だよね？　タクシーで帰ろうか？」

上杉さんもそばにいたのか。薫さんしか目に入らなくて、気づかなかったな。

彼女はどう答えるつもりなのか。

「あの……実は引っ越しまして」

とても言いにくそうに薫さんが口にすると、上杉さんがビックリした反応をする。

「え？　そうなの？　どこに？」

「それはですね……」

困惑してるな。多分、俺と住んでるなんて彼女は言えないだろう。

このまま黙っていては上杉さんにうまく言いくるめられて、タクシーに同乗するような気がした。

上杉さんは多分彼女に気がある。俺が薫さんを好きだからなんとなくわかるのだ。

――誰にも彼女は譲らない。絶対に。

「彼女は僕と一緒に帰るので大丈夫ですよ」

背後から近づいて声をかけると、ふたりが同時に俺の方を振り返った。

「りょ……涼さん？」

薫さんがキョトンとした顔で俺を見たけれど、構わず上杉さんに目を向ける。

まずは彼をどうにかしなければ。

「え？　……涼さんがどうして？」

驚いた顔をする彼に見せつけるように、薫さんの肩を抱いた。

それでなにか察したのか、薫さんが慌てた様子で上杉さんに取り繕う。

「あの、彼とはご近所さんで——」

言わせない。

「薫さんと付き合っているんですよ」

薫さんの言葉を遮ってそんな嘘を言えば、彼女の身体が固まるのがわかった。

上杉さんも衝撃を受けたのか、なにも言葉を返せずにいる。

「失礼します」

ニコッと笑顔で告げて、薫さんの肩を抱いたまま立ち去る。

店から少し離れたところでタクシーを拾い、薫さんの背中をトンと叩いた。

「さあ乗って」

俺に言われるまま彼女はタクシーに乗り込み、後部座席に座る。

俺も乗り込むと、タクシーの運転手に自宅マンションの住所を伝えた。

「麻布《あざぶ》までお願いします」

シートベルトをするが、彼女は放心状態で座ったまま。

「薫さん、シートベルトしないと」

笑って注意しながら薫さんのシートベルトをすると、彼女があたふたして「あっ、ごめん」と謝った。

「上杉さんに送ってもらったことあるの？」

やはり彼のことが気になってしまう。

「飲み会で何回か。で、でも、真理ちゃんも一緒だった時もあったよ」

彼女の返答を聞いて、とりあえず安心する自分がいた。

「そう」

俺もムキになりすぎたかもしれない。少し頭をクールダウンさせないと。

「送別会はどうだった？」

話を変えると、彼女がホッとした顔で答える。

「とても感動的だった。花束渡す時とか、私も真理ちゃんも泣いちゃって」

「ああ。なんか想像つく。まあ、でもどこか遠くへ行くわけじゃないし、いつでも会えるよ」

「うん、そうだね」

俺を見て彼女が笑って頷いたが、その笑顔はちょっとぎこちなかった。

マンションに帰ると、まだ放心気味の彼女がリビングのソファにストンと腰を下ろしたので、キッチンの冷蔵庫からペットボトルの水を取り出して、彼女に手渡した。

「はい、これ水。お酒結構飲んだ？」

「ううん、そんなに飲んでない」

薫さんは小さく首を左右に振り、ペットボトルの水をひと口飲んで目の前のテーブルに置く。それから、なにか言いたげに俺に目を向けた。

「……ねえ、どうして上杉さんに付き合ってるなんて言ったの？　あっ、私のマンションが火事になったのバレないようにしてくれ――」

「そんな理由じゃない。譲れないって思ったんだ」

ためらいがちに聞いてくる薫さんの言葉を途中で遮り、彼女の目を捕らえてはっきりと伝えた。

「え？」

まだ状況をいまいち理解していない彼女の隣に腰を下ろすと、今度はもう少し丁寧に言い直す。

「じっくり時間をかけて薫さんを口説こうって思ったのに、上杉さんを見て焦ったんだよ。なんだかカッコ悪いな」

嘘を言って、彼を彼女から遠ざけようとした。

「涼さん……」

「大丈夫。上杉さんは誰にも言わないよ」

悠にだってきっと言わない。個人的な知り合いではないが、秘書という仕事柄、余計なことは口にしないタイプだ。

俺の言葉に安堵するかと思ったが、薫さんは黙ったまま。

「誰にも渡したくなかった。上杉さんにも。悠にも」

もっとシチュエーションを考えるべきだったのだろうが、そろそろ俺たちの関係をはっきりさせたかった。

「カッコ悪くなんてない。涼さんの言葉、最初はビックリしたけど、嬉しかった」

薫さんが俺の手を握って、はにかむように微笑む。その笑顔を見たら、心が温かくなった。

「初めて見た時から薫さんに惹かれてて、いつかまた会えないかとずっと願っていた。

そしたら思いがけず神戸で再会して……絶対に自分のものにするって決めてた」

薫さんの目を見つめて自分の思いを伝えると、一旦言葉を切った。

「悠の代わりにされるのは嫌だったけどね。あいつ、俺の欲しいものはなんでも手に入れるから。高校の時は悠と同じ姿なのにうんざりして、髪を明るく染めていたことだってある」

自嘲気味にそんな話をすれば、彼女が俺の両腕を強く掴んで訴える。

「副社長に憧れていたのは過去の話だよ。それに、今は涼さんを副社長だなんて思ってない。全然違うもの」

その言葉が俺の心に深く沁み込んでいく。

悠と違うと人に言われたのは初めてだった。しかも、それが惚れた女なら、嬉しくてたまらない。

「涼さんと暮らすようになって、私……少しずつ元気になって、前よりもいっぱい笑うようになったの。それに、ずっと守られているような感覚があって、すごく安心する。そんな風に思える男性は涼さんだけなの」

まっすぐに俺を見据えてくるその瞳は、とても澄んでいて綺麗だった。

「一緒にいて安心するのは俺の方だよ。病院から疲れて帰ってきても、薫さんがうちにいてリビングで寝てるの見るとなんだか癒やされる」

「私、寝てるの前提なんだ？」

フフッと笑ってつっこんでくる彼女に、わざと意地悪く返す。

「いつも寝てるじゃないか。すっごく無防備な姿で」

「否定はしないけど、最近はちゃんと服着てるよ」

ちょっと恥ずかしそうに反論する彼女がとても愛おしい。

「最近はね。俺としてはよかった。だって着ててくれないと、すぐに手を出しそうだったから」

「りょ、涼さん……」

彼女が大事だから、もう流されて抱くような真似はしたくなかった。

俺の発言にあたふたする彼女の頬に両手を添え、真剣に思いを告げる。

「好きなんだ。本気で好きだから、薫さんが俺と同じ気持ちになるまで抱かないって心に決めてた」

俺の告白を聞いて、彼女が花がパッと咲くように、とても嬉しそうに微笑む。

「私も涼さんが好き」

どこか潤んだ瞳で言われ、ブチッと自分の理性が吹っ飛ぶのを感じた。

もう待てない。薫さんが欲しい——。

彼女に顔を近づけて、口づける。

唇が触れた瞬間、まるで彼女とひとつになったような感覚がした。

身体がカーッと熱くなっていく。

一度キスを中断し、薫さんを抱き上げて寝室のベッドに運ぶ。途中で彼女の足が照明のスイッチに当たり部屋が明るくなった。

薫さんをベッドに下ろし、ジャケットを脱いで俺もベッドに上がると、ネクタイを外しながら、彼女に再びキスをする。ネクタイを外す時間ですら惜しかった。

引きちぎるようにネクタイを取ると、薫さんの背中に手を回して素早くファスナーを下げる。

彼女のワンピースを脱がして露わになる、美しい肢体。今身につけているのは、黒のブラとショーツだけ。

「あの……部屋明るくない？」

急に薫さんが素に戻って聞いてくる。「俺は気にならないよ」と返して、構わず彼女のブラに手をかけるが、やっぱり止められた。

「待って。やっぱり明るすぎる。裸見られるの恥ずかしい」

「もう神戸で見てるよ」

今みたいに明るくなかったが、全身隅々まで見ているし、朝起きた時もお互い裸だったから今さら遅い。

「あの時……こんな明るくなかった」

神戸での情熱的な夜を思い出してか、彼女がはにかみながら文句を言う。

「そうだっけ？　でも、綺麗なんだから別にいいじゃないか」

「よくないよ。恥ずかしすぎる」

ちょっと恨みがましい目で、彼女が俺を見つめる。もっと困らせてみせたくもなるが、やはり今はすぐに彼女に触れたい。

「仕方ないな。オッケー、照明を暗くして」

ＡＩの音声認識を使って照明を暗くしたのに、彼女はまだ不安げな顔をする。

「もっと暗くならない？」

「これ以上暗くしたら本当になにも見えなくなる。それに、薫さんにちゃんと俺を見ていてほしい」

「涼さん……」

俺の独占欲剥き出しの発言に、彼女が少し驚いた顔をする。

「これからはずっと綾小路涼として薫さんを抱く」

それでどれだけ俺が薫さんを好きか、その身体に伝えたい。

薫さんを見つめて告げると、彼女が「うん」と頷く。

神戸では悠の振りをして彼女を抱いた。完璧に演じられていたかは微妙だったが、今は全力で彼女を愛したい。

薫さんの額に自分の額をくっつけ、お互い微笑み合う。やっと気持ちが通じ合った気がした。

彼女と過ごしてきた大切な時間。たった一秒だって誰にも譲れない。

自分のシャツを脱ぎ捨てると、薫さんをベッドに押し倒し、キスをしながら彼女のブラを外した。胸にそっと触れたら、彼女が意外な言葉を口にする。

「涼さん、私……思い切り触れたって壊れないよ」

俺の不安が伝わっていたのだろうか？

彼女がガラス細工みたいに壊れてしまいそうな気がして、自分でも知らずに力を加減していた。

「わかった。じゃあ、遠慮はしない」

微笑して一旦言葉を切ると、彼女に宣言する。

「今夜は寝かせないから覚悟して」

我が物顔で薫さんの胸を掴み、彼女の首筋に唇を這わせながら揉み上げる。

「ああ……！」

口に手を当てながら彼女が声をあげるのを見て、クスッと笑った。

「ここ防音だし、声我慢しなくていいよ」

薫さんの耳元で囁くと、「そんな楽しそうに言わないで」と彼女に抗議された。

「だって、俺の手で乱れる薫さんが見たいから」

「……見なくていいよ」

大胆になるかと思えば、急にしおらしくなる。ホント、薫さんておもしろい。

「見るよ。最高に綺麗だから」

薫さんの唇にチュッとキスをすると、頭を下げて彼女の胸の先端を円を描くように舐《な》め回す。

「ああん……！」

少し腰を上げて喘ぐ彼女。

最初会った時も綺麗な人だと思った。でも、今はさらに美しい。

それは一緒に住むようになって、彼女の内面も知ったからに違いない。

清楚でなんでもそつなくこなすように見えるけど、本当は違う。そそっかしいところはあるし、家に帰るとスイッチが切れたようにカーペットの上で寝てるし、髪だってちゃんと乾かさない。

でも、そんな彼女が俺には愛おしいのだ。人の欠点がかわいいと思えるって、すごいことだと思う。十年後、二十年後、彼女と楽しく年を重ねていく自分が想像できる。

どんな困難にぶつかっても、薫さんとなら乗り越えられるんじゃないだろうか。

彼女は俺の元気の源――。

今度は彼女の胸を口に含んで、激しく吸い上げる。

「ああ……んん！」

彼女が身を捩って声をあげるが、さらに手で胸を揉み上げて刺激を与えた。

そして、脇腹から背中へと手を伸ばし、彼女のお臍《へそ》に唇を這わせる。

「んん。……くすぐったい」

ギュッと目を閉じて俺に訴える彼女に、笑って返す。

「感じてる証拠だよ」

「涼さんて……身体全部に触れてくる」

「全部俺にとっては大事だから」

たとえ細胞のひとつだって全力で愛したい。

「私も……涼さんの全部が大事」

薫さんが俺の髪に触れてくる。他人に触れられるのは嫌だが、彼女は例外だ。

「俺はもう薫さんのものだよ」

甘く囁き、口と手を使って薫さんを愛撫《あいぶ》する。

彼女も俺の背中を撫で回してきて、自分がさらにヒートアップしていくのがわかった。

薫さんを感じさせて、俺も感じて、そしてひとつになる。互いの気持ちもシンクロして、幸福感で満たされた。

彼女が自分の一部になったような気がする。初めて知る感覚――。

身体を重ねてからは、お互いあまり喋らなくなった。

俺が腰を激しく打ちつけると、彼女が髪を乱して喘ぐ。

「ああん！」

身体には汗が滲み、昇りつめていく。

俺と彼女しかいない世界――。

最高潮に達すると、お互い果ててしばしベッドに寝転んでいた。

それでも薫さんと離れたくなくて、彼女の手を掴んでしまう。

何度か深く息を吸い込んで呼吸を整え、彼女を見やった。

疲れ果てていて今にも寝てしまいそう。俺も手加減しなかったからな。

「涼……」と俺の名を呟いて、彼女が俺に身を寄せてくる。

「無理させちゃってごめん」

薫さんを抱き寄せてその頭を優しく撫でると、すぐに彼女のスーッという静かな寝息が聞こえてきた。

「愛してるよ」

たまらなく彼女が愛おしくて、自然とその言葉が出てくる。

しばらく薫さんの寝顔を見つめていたが、俺も疲れていたのかそのまま眠りについた。

一世一代の嘘

「うん。これで準備オッケー」

デパ地下で買ってきたオードブルやお惣菜、カトラリーなどをダイニングテーブルに並べると、ひとりニンマリした。

今日はクリスマスイブ。恋人たちの一大イベント。私には一生無縁だと思っていたのだけれど、今年は違う。涼さんとふたりで祝うのだ。

彼へのクリスマスプレゼントだって用意した。無難にブランド物のマフラーを選んだのだが、これなら毎日使ってもらえると思った。あとは涼さんの帰りを待つだけ。

掛け時計に目を向けると、午後八時を過ぎたところだった。

どうか、今日は早く帰ってきますように。

手を組んで祈っていたら、スマホがブルブルと震えた。

慌てて手に取ってみると、涼さんからのＬＩＮＥ。

【ごめん。ちょっと遅くなるかもしれないから、先に食べてて】

そのメッセージを見て落胆し、ハーッと溜め息をついた。

「……今日も遅いんだ」

きっと急な手術でも入ったに違いない。ひとりでこの料理を食べるのは寂しいし、彼が帰るまで待っていよう。いつものことだ。

気を取り直してリビングのソファに座り、愛読書を読む。

最近、漫画を読むと、ヒーローの声が涼さんの声に変換される。幸せに浸りながら読み進めていたら、いつしか眠りに落ちてしまい……。

「……さん、薫さん」

涼さんの声で目が覚めた。

「あっ……おかえりなさい」

涼さんにギュッと抱きついてそう言ったら、彼が「ただいま」と嬉しそうに微笑む。

「熱烈な歓迎だな。ひょっとしてお酒飲んだ?」

「まだ飲んでないよ。涼さんを待ってたの」

私の言葉を聞いて、彼が楽しげに目を光らせた。

「まだ……ね。待たせてごめん。ご飯食べよう。もう十二時近いし」

「うん」と返事をして涼さんと一緒にキッチンに移動し、買ってきた料理を温めると、シャンパンを出して、遅いディナー。

「『乾杯』」と、涼さんとグラスを掲げて口にする。

「今日の惣菜は豪華だね」

オードブルを見てそんなコメントする彼に、ニコッと微笑んだ。

「ふふっ。デパ地下で買ってきたの。すごい人だったよ」

「へえ大変だったね。ありがとう」

「今日も急患だったの？」

気になって尋ねると、彼は小さく頷いた。

「そう。なんとか命はとりとめた。すぐに手術できてよかったよ」

その顔はどこかホッとした顔をしている。

「薫さんは今日どうだった？」

「仕事はいつも通りだったけど、お昼に社長が豪華なお弁当を差し入れてくれてね。もう役得だった」

高級料亭の丸の内弁当で、みんな喜んで食べていた。

私の話を聞いて、涼さんが少し皮肉めいたコメントをする。

「親父もたまにはいいことするね」

「社長はいつも優しいよ。涼さんほどじゃないけど」

そんな雑談をしながらケーキも食べ終えると、リビングのソファに移動して、買ってきたプレゼントを彼に渡した。

「これ、涼さんに」

「俺に？　なんだろ？」と彼が驚いた顔をして、プレゼントを開ける。

「気に入ってくれるといいんだけど」

涼さんの反応を気にしてじっとその顔を見ていたら、彼がブルーのマフラーを見て頬を緩めた。

「ありがとう。明日から早速つけるよ。俺も薫さんにプレゼントがあるんだ。ちょっと後ろ向いて」

「え？　なに？」

首を傾げる私の肩を「いいから。いいから」と彼が掴んで、強引に後ろを向かせる。

なにやら背後でがさごそと音がしたかと思ったら、彼の手が私の首に触れてビクッとした。

「キャッ……なに？」と声をあげると同時に、胸元にキラリと光るダイヤが目に映った。それはブリリアントカットされたひと粒ダイヤのネックレス。

「これ……」と驚いていると、彼が私を自分の方へ向かせて、満足そうに微笑んだ。

「イブだし、なにかアクセサリーをあげたかったんだ。うん、いいね。似合ってる」

「ありがとう。大事にするね」

はにかみながら礼を言う。

なんだか涼さんに守られてるみたいだ。

「男の人にアクセサリーもらうのずっと憧れてたの。ふふっ、嬉しい」

ネックレスのダイヤに触れながら涼さんを見つめたら、彼が「それはよかった」と言って私に顔を近づけて口づける。

今日のキスは、いつも以上に甘い——。

涼さんの首に手を絡めてそのキスに応えていたら、彼が急に私を抱き上げて寝室のベッドに運んだ。

「もうひとつプレゼントが欲しい」

涼さんがそんな我儘を言って、私の服を脱がしていく。

——その夜は、お互い果てるまで愛し合った。

「え～と、湯煎《ゆせん》で溶かしたチョコをテンパリングしておく。ん？　テンパリングってなに？」

翌年の二月、私は人生初のチョコ作りに挑戦していた。スマホでレシピを見ながら作っているが、知らない単語があってスムーズにいかない。

今日はバレンタインデー。

涼さんに手作りチョコを作って渡そうと、仕事帰りにデパートでチョコ作りの材料を購入してきたのだ。お菓子作りなんてやったことがないから市販のチョコを買う方が無難だが、それでも心のこもったものを彼に渡したかった。

「え〜、テンパリング……温度調節を行って……光沢のある……滑らかなチョコに……あっ、嘘！　もうチョコ固まってきてる。早く型に流さないと」

簡単なレシピのはずなのになかなかスムーズにいかず、歪《いびつ》なチョコになる。

またチョコを湯煎して溶かすけど、型に入れる前に固まって失敗。

その作業を何度繰り返しただろう。失敗を想定して十枚買ってきた板チョコも、残り一枚になった。

多分、これも失敗しそう。

板チョコをジーッと見据える。今日ほど自分の不器用さを嘆いたことはない。

ハァーと溜め息をつきながら、失敗作のチョコをパクッと口に入れた。

美味しいけど、形が悪いから渡せないな。

「板チョコでもなにも渡さないよりは、いいよね？」

自分にもそう納得させて手作りは諦め、最後の板チョコをカラフルなビニール袋に入れてラッピングすると、メッセージカードも書いて一緒に添えた。

「さあて、次は証拠隠滅」

キッチン台の上のボウルやはかり、へらなどを洗って素早く片付け、失敗作のチョコをタッパーに入れて冷蔵庫に隠した。それから何事もなかったかのようにリビングのソファに座る。

掛け時計に目を向けると、午後十時を回っていた。

「涼さん、今日も遅いな」

ポツリと呟き、テレビをつけてニュースを観ていたら、玄関のドアがガチャッと開く音がした。

「あっ、帰ってきた！」

小走りで玄関に行き、「おかえりなさい」ととびきりの笑顔で迎える私を見て、彼が少し驚いた顔をする。

「ただいま。起きてたんだ？　珍しい。どうして？」

いつもと変わらぬ穏やかな顔で聞かれたが、チョコを作っていたなんて言えない。

「えーと、その……観たいテレビがあって起きてたの」

とっさにそう言ってごまかすけれど、彼は玄関を上がりながら掘り下げてくる。

「なんの番組？」

まさか深く聞かれるとは予想していなくて、「え？　あの……ニュース」と反射的に答えてしまう。

「家に帰ってからずっとニュース観てたんだ？　じゃあ、家の中が甘い匂いがするのはなんで？」

キラリと目を光らせて、彼が困った質問をしてくる。

「そ、それはですね……ココアを作って飲んだからだよ、きっと」

なんとか涼さんの質問をクリアしてホッとしたのも束の間、彼がさらに私をドキッとさせる言葉を口にする。

「ふーん。てっきり俺のためにチョコ作ったのかと思った」

「そ……そんなはずないじゃない。私、料理苦手なの知ってるでしょう？　あっ、今日はバレンタインだからチョコ買ってきたんだよ。はい、これ、どうぞ」

激しく動揺しつつも、涼さんと一緒にリビングに入ると、ラッピングした板チョコを彼に渡した。

「……板チョコ」

微かに目を見開きながら呟いて、次に彼はメッセージカードに目を通す。

「あの……涼さんは高級チョコは食べ慣れてると思って。板チョコって逆に新鮮でしょう？　板チョコも美味しいよ」

彼に怪しまれないよう、必死に笑顔を作って取り繕う。

「ありがとう。【来年は必ず手作りチョコ渡すね】……か」

メッセージカードを読み上げた涼さんがなぜかフッと微笑して、スタスタと冷蔵庫に向かうものだから、慌てて彼の手を掴んだ。

「ちょっ……涼さん、待って。先にお風呂入った方が――」

「いいから。……やっぱりあった」

私の制止を振り切って冷蔵庫を開けた彼は、タッパーに入った失敗チョコを発見してニヤリとする。

「それは……失敗したから、全部私のおやつにするの」

俯きながらそんな説明をする私の顔を、彼が笑顔で覗き込んでくる。

「薫さんだけ独占するのはズルくない？」

「でも……形悪いよ」

失敗作を見られたのが恥ずかしくて落ち込んでいる私の前で、彼がタッパーを開けてチョコをひと粒口に入れた。

「美味しいよ。とっても。ほら」

甘い目で告げて、彼が私に口づける。

極上に甘いキス。

キスをしながら味わうチョコは、私が食べた時よりもさらに甘くなっていた――。


それから時が流れて一カ月後――。

「う……ん?」

なにか物音がして目を開けると、涼さんがベッドから出るところだった。

「涼さん……?」

「いいよ。寝てて。俺はちょっと病院に行ってくる」

彼が私の額にチュッとキスをして寝室を出ていく。

ベッドサイドの時計を確認すると、まだ午前四時過ぎだった。

こんな早い時間に病院から呼び出しなんて大変。

そう思いつつも、またすぐに眠ってしまう。

ピピッピピッとスマホのアラームが鳴って、ゆっくり手を伸ばして解除する。

時刻は午前六時三十分。

「うーん、まだ寝たい」

会社はあるけれど、涼さんもいないし、あと五分延長する。また五分後にアラームが鳴って止めるが、まだ眠い。

最近いつもそうだ。それに食欲もなくなった気がする。疲れてるのかな？

ハーッと息を吐いて起き上がり、バスルームで身支度を整える。

寝ても全然寝たりない。それに、身体も怠《だる》い。

真理ちゃんは会社を辞めてしまったけど、後任の子は頑張っているし、仕事の負担が増えたわけでもない。涼さんとの同居だって、とても快適で楽しい。

彼はありのままの私を受け入れてくれるから、いつも自然体でいられる。

出会った時に、副社長に憧れてる……なんて告白しちゃったのも、アルコールの勢いはあったけど、穏やかな彼の人柄のせいだと思う。いつの間にかスーッと私の心に入ってくるのだ。

上杉さんの前で彼が私と付き合ってると言った時は驚いたが、嬉しかった。私だけを求めてくれる人なんていなかったから……。

涼さんは私が不幸のどん底にいた時から支えてくれた。多分彼以上に好きになれる人はもう一生現れないだろう。

キッチンへ行ってトーストを焼き、コーヒーを淹れる。でも、焼き上がったトーストの匂いが気持ち悪くて、全部食べられなかった。

昨日もご飯の匂いで気持ち悪くなった。気のせいかと思っていたけれど……これは……。

少し身体が強張るのを感じながら、スマホのカレンダーを見る。

そういえば、先月生理が来なかった。もともと生理痛がひどくてピルを服用していたのだけれど、一度だけ飲み忘れたことがあった。

私……妊娠してる？

そう考えて、サーッと血の気が引いていくのを感じた。

姉や真理ちゃんの妊娠を見てきた。

気のせいではないと思うが、検査をしないとなんとも言えない。

もし本当に妊娠していたら、涼さんはどう思う……？

ああ～、まだ決まってないのだから、考えても仕方がない。早く会社へ行かないと遅刻する。

準備をしてマンションを出るけど、頭にあるのは妊娠のことばかり。

会社に着いて秘書室に入るが、「月城さん、おはよう」と上杉さんに声をかけられ、身体がビクッとした。

「あっ、おはようございます」

上杉さんがいるの、全然気づかなかった。

反射的に笑顔を作って挨拶すると、彼が心配そうに私の顔を見ていた。

「顔色悪いけど、大丈夫？」

真理ちゃんの送別会の後、上杉さんと気まずくなることはなく、彼は何事もなかったかのようにいつも通り接してくる。彼は口が堅いから、涼さんとのことを同僚にバラすような真似はしない。

「大丈夫です。昨日夜ふかししちゃって。もう三十過ぎるとダメですね。二十代みたいにいかない」

自虐的にそう答えたら、彼がクスッと笑った。

「僕より若いのに、なに言ってるの。でも……まあ確かに徹夜するとつらいよね」

「仕事では徹夜しないでくださいね」

笑って注意すると、彼が私の目を見て小さく頷いた。

「無理すると、私みたいに倒れますよ」

「ああ。そうする」

そんな冗談を言いながら席に着いて、パソコンを立ち上げる。

だが、やはり妊娠のことが気になって、ピルを処方してもらっている婦人科のクリニックに予約を入れた。

会長は朝から会合に出席していて午後戻る予定だから、急ぎの仕事もない。

お昼休みに行って、診てもらえばいい。ずっと引きずっていては、仕事に支障が出る。

気持ちを切り替えて、業務に取りかかった。

その後、由美ちゃんたちがやってきて、いつも通り振る舞う。

お昼休みに会社の近くのクリニックで診てもらうと、やはり妊娠していた。

——しかも双子。

頭が追いついていかなかった。

涼さんは私にことあるごとに『好きだよ』って言ってくれるけど、結婚の約束をしているわけではない。

でも、彼に言わないと……。どう伝えるべき?

クリニックを出ると、スマホを出してしばし考える。

メッセージで妊娠したなんて軽々しく伝えられない。それに、妊娠したって伝えたら、涼さんに責任を取らなければいけないというプレッシャーをかけてしまう。

彼の負担にならないようにするにはどうしたらいい？

ジーッとスマホを見ていたら、真理ちゃんからメッセージが届いた。

【今度の日曜、うちに遊びに来てください。料理用意して待ってます】

このタイミングで来て、思わずハハッと笑ってしまった。

彼女は辞めてから何度かこんな風にメッセージを送ってくる。今行って普段通りに振る舞う自信がなかった。かといって、体調が悪いからと断ったら心配をかけるし、この機会を逃すと当分彼女には会えないかもしれない。

妊娠したから、そのうち私は働けなくなるだろう。会社だって辞めることになるかもしれない。彼女も出産で忙しくなる。

【了解。楽しみにしてるね】と、絵文字付きのスタンプを送る。

涼さんと付き合っていることをそろそろ同僚や彼女にも伝えようと思ったけれど、もう少し様子を見た方がいいかもしれない。

ああ……なんだか頭痛がする。しっかりしなきゃ。

疲労で倒れた時、散々みんなに迷惑をかけたのだ。

スーッと息を吸って心を落ち着けてオフィスに戻ると、会長から電話がかかってきた。

《月城さん、悪いんだが、病院まで迎えに来てほしい》

なんでも会合の後、出席者数人とランチをしていたら急に胸が苦しくなったらしい。念のため病院で診てもらい、薬を投与してもらって楽になったようだ。

この後の会長の予定を調整し、みんなに「ちょっと病院に行ってきます」と告げて、社用車で涼さんの勤める病院に向かう。ひとりで社用車に乗るなんて初めてだった。

涼さんとどういう顔をして会っていいかわからない。なぜ今日に限ってこんなことが起きるのか。会長が入院にならなかったのはよかったけど、頭が混乱していて平静ではいられなかった。

とにかく落ち着かなきゃ。

社用車が病院の前に着くと、エレベーターホールに向かう。

フロアマップで心臓血管外科の場所を確認していたら、女性に声をかけられた。

「月城さん？」

エレベーターの前にいる白衣姿の女性が、私の方をジーッと見ている。

彼女は確か……。

「橋本先生？」

うろ覚えだったので問いかけるように名前を呼んだら、先生がコクッと頷いて挨拶する。

「こんにちは。今日は診察かなにかで？」

「いえ、私の診察ではなく、仕事で役員のお迎えに」と答えると、「その後体調はどうですか？」と聞かれた。

「体調はいいです。先生にはお世話になりました」

当たり障りのない言葉を口にするが、彼女はちょっと考えるような表情をする。

エレベーターが来ても私を見ていたので、「あの……エレベーター来ましたよ」と声をかけた。

「ちょっといいですか？」

橋本先生がそう私に問いかけて、返事も聞かずにスタスタとエレベーターホールの横にある非常階段の方に歩いていく。

慌ててついていくと、彼女が私を見据えて話を始めた。

「綾小路先生にドイツに行く話があるのはご存じですか？」

ドイツに行く話？　そんなの全然聞いていない。

「……初めて聞きました」

「世界一と言われているドクターに師事できるんです。こんなチャンスは二度とないでしょう。でも、綾小路先生は返事を保留にしているんです。父が彼の上司なんですが、父が言うにはもう自分ひとりの人生じゃないから、もう少し待ってほしいということで……」

それって私を気にして保留にしてるってこと？　そんなのダメよ。

彼は綾小路の力は使わず、自分の努力と才能で今の地位を築いた。多くの患者を助けたいと思っている彼なら、なんとしてもドイツに行って至高の技術を学びたいはず。

「余計なことかもしれません。綾小路先生の将来のために、あなたからもドイツに行くよう説得してくれませんか？　綾小路先生と親しいのでしょう？」

なにかに縋るような目だった。冷静で何事にも動じないタイプに見えた橋本先生が、必死になって私に頼んでいる。

ひょっとしたら彼女……涼さんのことが好きなのかもしれない。

「……私からも話してみます」

彼は絶対にドイツに行かなきゃ。私が足枷《あしかせ》になってはいけない。

橋本先生と別れて、私はひとりエレベーターホールに戻る。

心臓血管外科のフロアに着くと、右手に診察室があって、廊下にある長椅子に会長が座っていた。そばに涼さんはいない。その表情はいつもと変わらずにこやかだ。

「会長、お待たせしてすみません。具合はどうですか？」

会長のもとに駆け寄りながら尋ねれば、会長は穏やかな声で返す。

「ああ。薬のお陰でよくなったよ。同席してた人がここに運んでくれてね。助かった」

「もう、助かったじゃありませんよ」

元気な姿を見てホッとしたせいか、亡くなった自分の祖父を相手にしているかのように怒ってしまう。

「心配かけてすまなかったね」

「本当ですよ」

不意に背後から涼さんの声が聞こえてハッとして振り返ると、白衣を着た彼がいた。

目が合ってドキッとする。その目はとても優しかった。

いつもはその目を見て安心するのに、今日は胸が痛い――。

いけない。会長の前だし、心を乱すな。涼さんに妊娠のことを悟られるわけにはいかないのだ。

「ランチでお酒が出て、水と間違って口にして胸が苦しくなったと本人は言ってますけど、本当かどうか怪しいですね。次からは気をつけてください。死にますよ」

私が知らない経緯を涼さんが呆れ顔で話すと、会長がムスッとした顔をする。

「ふん、私は酒くらいで死なない。月城さんは孫の涼と会うのは初めてだったかな？」

会長が私に目を向けてきて、反射的に答える。

「いえ。私が倒れて救急に運ばれた時に、涼さんにお世話になりました」

あっ、涼さんと言ったのはまずかっただろうか。私との関係は副社長にだって言っていない。

でも、綾小路先生と呼ぶのも、綾小路家の人間が周りに多いので不自然な気がする。どう呼べばよかったの？

ひとりパニクりながら会長の反応を気にしていたら、案の定弄られた。

「そうか。もう会っていたか。なんだかふたりがそうやって並んでいると、お似合いに見えるなあ」

「あ、あの……会長、違うんですよ。あの……誤解……」

なんとかごまかそうとしどろもどろになる私をフォローするように、涼さんが平然とした顔で会長をやんわりと注意する。

「おじいさん、誰にでもそう言うのはやめてください」

私と付き合っていることは、やはり伝える気はないように見えた。私だって会長に言っていないのに、チクッと胸が痛くなる。

涼さんに感謝すべきだ。今私たちの関係を会長に知られるわけにはいかない。

私はもうすぐ涼さんのもとを去るのだから――。

「すまんなあ。だが、お前も早く結婚してくれないと、私は安心できない。あっ、そうだ。ちと手相を見てみようじゃないか」

会長が悪戯っぽく目を光らせて、涼さんの手を取る。

これに似た光景が、去年の夏の会社の慰労会であった。真理ちゃんが会長と副社長の手相を見ていて……。

「涼も悠と同じ位置に結婚線があるなあ。月城さんはどうかな？」

会長が楽しげに目を光らせて私を見るが、涼さんがすかさず阻止する。

「おじいさん、セクハラで訴えられたいですか？　それに、手相なんてコロコロ変わりますよ」

ギロッと会長を睨みつける涼さんの目が怖い。

「まあいい。もうなにも言わないよ。さあて、月城さん行こうか」

会長はほんの数秒涼さんと私を見つめると、ゆっくりと立ち上がった。

「お世話になりました」

会長に手を貸しながら涼さんに他人行儀に挨拶して一礼すると、会長と共にエレベーターに乗り込む。

背中にはずっと涼さんの視線を感じていた。気を張っていたせいか、扉が閉まってホッとする。

エレベーターを降りたところで、バッグの中のスマホがブルブルと震えた。

会長を正面玄関に案内しながらスマホを確認すると、涼さんからのメッセージ。

【今日は帰るのが遅くなるから、先に寝てていいよ】

……私の態度、変に思わなかっただろうか？

【了解。無理しないでね】と絵文字スタンプを送ってスマホをバッグにしまう。

「会社からかね？」

会長に聞かれ、小さく頭を振った。

「いえ、違いました。会長のスケジュールの方は調整したので大丈夫ですよ。ご安心ください」

「月城さんが私の秘書でよかったよ」

会長にそう言われて、なんだか胸がジーンとしてくる。

今まで一生懸命仕事してきてよかった。もうこの言葉を聞けたから、仕事を辞めても悔いはない。

病院の正面玄関近くに停まっていた社用車に乗り込むと、会長が「自宅へ頼む」と運転手に告げる。

「今日はビックリさせてすまなかったね」

「いいえ。大事に至らなくて本当によかったです」

「心配してくれる人間がいるというのは、幸せなことだな。……月城さん、私もそろそろ引退しようと思う」

会長が静かな声で告げる。

その言葉に驚きはしたものの、上杉さんも以前、会長がそろそろ引退するようなことを言っていたので、いつかこの日が来ることを覚悟していた。

「……そうですか。お身体が一番大事ですから」

小さく相槌を打ち、会長に笑顔を作って言う。

「副社長の悠もいるし、会社のことはなにも心配していない。最後に涼に嫁を見つけて勇退しようと思ったんだが。悠と真理さんのキューピッドも私だしね」

わざわざ私を呼び出したのは、涼さんと会わせるためだったのか。

涼さんにはたくさん縁談がきていて、彼はどれも断っていたらしい。そこで、身近にいる私と出会いの場を設けようとしたのだろう。

「そこは副社長から反論があるかもしれませんよ」

複雑な心境だったけれど、顔に出さずにそう言ったら、会長がハハッと楽しげに笑った。

「この場にいたら絶対に否定しただろうな。なあ月城さん……」

会長が急に真剣な表情になって、言葉を切る。

「私が引退後は、孫たちを支えてやってほしい」

孫たち……という言葉に違和感を覚えた。

副社長だけでなく、涼さんもってこと？　なぜ？

疑問に思ったが、それ以上は聞かずに「はい」と返事をする。

会長を自宅まで送り届けると、そのまま社用車で会社に戻り、残りの仕事を片付けた。

結局、仕事を終えたのは午後八時過ぎ。上杉さんは副社長と会食に行ってしまったし、他の秘書たちは帰ってしまい、オフィスにいるのは私だけ。

窓から見える夜景を見て思う。

「この景色をいつまで見られるかしらね」

もうここには長くはいられない。悪阻の状態によっては、妊娠がすぐにバレる可能性がある。しかも、双子だ。お腹だってひとりの場合よりも早く目立つだろう。

涼さんとの子供を産まない選択肢はまったく考えなかった。だって、愛する人の子供だ。絶対に産みたい。

会長が引退されるのはタイミング的にはよかったかも。真理ちゃんの時のような引き継ぎの必要もないから。

少しずつ身の回りのものも整理しよう。問題はこれからどうするかだ。

デスクの周辺を整理してオフィスを出ると、途中コンビニに寄って涼さんのマンションに帰宅する。

いつもなら疲れてちょっとひと休みするところだけれど、問題がたくさんありすぎて眠れない。

コンビニで買ったゼリー飲料を胃の中に流し込むように食べると、カーペットに体育座りをしてソファにもたれかかった。

これからどうしよう。私がここにいては、彼は身動きが取れない。

彼がドイツに行くためには、なんとしてでも妊娠のことは彼に隠し通さなければ。

でも、住むところもないのに、ここを出てどうするの？

ううん、悩んでる場合じゃない。涼さんの将来のためにもここを出ていかないと。

貯金はあるから、一年くらいなら働かなくても暮らしていける。

涼さんのお世話になる前は、ずっとひとりでやってきた。今すぐ出産するわけじゃない。じっくり考えていけばいい。

そう気持ちを切り替えて、新しいアパートかマンションを探そうとスマホをバッグから出したら、電話がかかってきてビクッとした。

スマホの画面には、【姉】と表示されている。

お姉ちゃん？　なんだろう？

「はい。どうしたの？」

《今、大丈夫？》

姉が私を気遣うように聞いてくる。

「うん。もう仕事終わったから。それで？」

《お父さんたちの家が売れたの。京介の知り合いが買ってくれてね》

義兄はお医者さんだけあって顔が広い。

「すぐに買い手が見つかったのはよかったわ」

《ええ。それでね、土地と建物含めて二千万で売れたの。半分薫の口座に振り込むから、口座番号教えてくれる？》

予想以上の高値で売れたことに驚く。

「私、なにもしてないのに半分はもらいすぎじゃない？　売却の手続きとか大変だっただろうし」

不動産に関しては、私が東京にいるからすべて姉に任せていた。半分ももらうのは申し訳ない。

《姉妹でもお金のことはきっちりしておきたいの》

姉がきっぱりと言い切るので、もう反論しなかった。

「わかった。後でメールで送るね」

《仕事の方はどう？　変わりない？》

会長が引退を決めたし、私も妊娠して近いうちに働けなくなるのだが、言えるわけがない。

「うん。みんな優しくて、居心地もいいの。そっちも変わりない？」

明るく笑って返して、姉家族のことを尋ねる。

《ええ。みんな元気よ。じゃあ、口座がわかったらすぐに振り込むからね》

「ありがと」

電話を切ると、フーッと息を吐いた。

「……一千万か」

悪い話ばかりじゃない。このお金があれば、数年働かなくても暮らしていける。

そもそも妊娠を悪い話と思うのが間違いだ。

突然のことだったし、結婚もしてなかったからひどく動揺してしまったけれど、好きな人の赤ちゃんを授かるというのは素晴らしいこと。

そうよ。私はひとりじゃない。お腹の中にふたつも命があるんだもの。しっかりしなくちゃ。

大丈夫。きっとうまくいく。

涼さんのためにも、赤ちゃんのためにも、私は強くならなきゃいけない。

「昨日は悠さんとうどん作って食べたんですよ」

真理ちゃんが、私が手土産に持ってきたシフォンケーキを口に運びながらそんな話をする。

日曜日の午後、私は真理ちゃんの家に遊びに来ていた。

普段はいつも涼さんにもらったネックレスをつけているのだけれど、会社で由美ちゃんたちに『彼氏からのプレゼントですか?』と散々からかわれたので、今日はしていない。きっと私がネックレスをしているのを見たら、真理ちゃんも誰からもらったのか聞いてくるに違いないから。

「麺から作ったの?」

普通にうどんを作るだけなら、副社長の手はいらないはず。

「はい。ふたりでキッチンで小麦粉捏《こ》ねて。結構大変でしたけど、美味しかったですよ」

私の質問に笑顔で答える真理ちゃんを見て、なんだか癒やされた。

「副社長が小麦粉捏ねてるのあまり想像できないけど、楽しそうね。真理ちゃんも顔色いいし、元気そう」

真理ちゃんロスだったけれど、今日会ってちょっと解消された。

「元気ですよ。最近食欲がすごくて困ってます。甘い物もあまり食べちゃいけないから、少なめにしてるんですよ。このシフォンケーキ美味しいですね」

「豆乳を使っているから妊婦さんにいいと思って。スイーツ思い切り食べたいわよね」

お互いスイーツが好きで、真理ちゃんが会社で働いていた時はたまにホテルのケーキバイキングに行ったりもした。

「もう、本当に。悠さんの目を気にしながら甘い物食べてます。我慢できない時は蒟《こん》蒻《にゃく》ゼリーとか。低カロリーなので、悪阻の時に食べる妊婦さんも多いそうですよ」

「そうなのね。じゃあ、次回の手土産は蒟蒻ゼリーにするわね」

笑って冗談を言ったら、彼女が上目遣いに私を見つめてくる。

「もう薫さんたらあ。まあ、蒟蒻ゼリーも嬉しいですけど。あの……薫さん、痩せました？」

真理ちゃんの指摘にギクッとする。妊娠が発覚してから食欲がなくて、少し体重が減ったかもしれない。

いつもならそんな些細《ささい》な変化に涼さんが気づくところだけど、彼も忙しくてここ数日まともに会話すらしていなかった。

だから、新居探しも彼にバレず、スムーズにいった。偶然大学時代にお世話になった先輩に会って、その先輩が持っているマンションを借りることになったのだ。なんでも先輩は急に海外勤務が決まり、すぐに売却するのは難しく、他人に貸すのもちょっと抵抗があったようで……。場所は都内だけれども二十三区外で会社からも離れていて、私には渡りに船だった。

あとは涼さんに話をするだけ。妊娠のことは内緒にして彼と別れないと。

今日彼はオフだから、別れを切り出そう。このまま延ばしていたらタイミングを失う。

「この前食べすぎてお腹壊しちゃってね」

お腹に手を当てながらごまかすけど、嘘をついて胸がチクッとした。

「ああ、なるほど。お互い食べすぎに注意ですね」

「本当にね。あの……今日は副社長はいないの？」

副社長の姿が見えないのを不思議に思い、真理ちゃんに尋ねる。

「萌《もえ》ちゃんをお迎えに行ってるんです」

萌ちゃんというのは涼さんと副社長の腹違いの妹で、年は十二歳。たまに会社に遊びにやってくる。

「あら、萌ちゃんが来るの？　じゃあ、私はお邪魔じゃない？　帰った方が……」

ソファから立ち上がろうとしたら、真理ちゃんに止められた。

「なに言ってるんですか。帰らないでください。私が薫さんを呼んだんですよ。それに、萌ちゃんも薫さんに会いたいって」

萌ちゃんが会社に来ると、少女漫画の話で盛り上がるせいか、彼女は私のことを慕ってくれている。

「そう」と相槌を打ったら、なにやら玄関の方から萌ちゃんの声がした。

「あっ、来たみたい」

真理ちゃんがソファから立ち上がると同時に、ドタドタと足音がして、リビングの扉が大きく開いた。

「真理さーん、薫さーん」

明るい声と共に登場した萌ちゃんは、黒のリブトップにカーキ色のワイドパンツというお洒落な姿で、少し大人っぽく見えた。

「萌ちゃん、いらっしゃい。今ふたりでケーキ食べてたの。萌ちゃんも食べる?」

「うん。あのね、もうひとりゲストがいるよ」

にっこり笑う萌ちゃんの後ろから顔を出したのは、メガネをかけ、デニムに白いセーターを着た涼さんだった。

「えっ、涼さん?」

私が家を出る時はまだベッドで寝ていた彼がここに現れるとは思わなくて、思わず声をあげた。疲れて眠っている彼を起こすのは可哀想だったので、ダイニングテーブルに【真理ちゃんの家に行ってきます】とメモを置いて出てきたのだ。

「正解です。お邪魔します」

涼さんが私を見てニコッと笑い、次に真理ちゃんに目を向けた。

もう心臓がバクバクだ。

「すごい。薫さん、メガネかけてるのに、涼兄って見分けつくの？」

私の反応を見て、萌ちゃんが尊敬の眼差しを向けてくる。

しまった。つい声に出しちゃった。

「あっ、当たってた？　あの……その……勘？　副社長にしてはなんだか雰囲気違うから」

なるべく平静を装いながらごまかすと、萌ちゃんも素直に信じてくれた。

「勘でもすごいよ。萌、シャッフルしたらわからないもん。真理さんは簡単に見分けつくんだろうけど」

萌ちゃんがチラッと真理ちゃんの方を見ると、真理ちゃんがにっこりと頷いた。

「うん。涼さんは優しい雰囲気があるから」

「それは俺が優しくないって言ってるように聞こえるが？」

涼さんの背後から、同じようにメガネをしている副社長が現れた。多分涼さんと神戸で出会う前なら見分けなんてつかなかっただろうが、今ははっきりと違いがわかる。

「そういうことじゃなくって、涼さんが月のようなイメージで、悠さんは太陽って感じなの」

真理ちゃんがそんな説明をしていて、私も心の中でこくこく頷いていた。

わかる。私の中では涼さんて、穏やかな海のようなイメージだもの。

「なんかギラギラしてるんだってさ」

涼さんが悪戯っぽく目を光らせながら副社長を弄ると、真理ちゃんが笑って否定した。

「もう涼さん、そんなんじゃないです。今日はどうしてメガネを？」

「萌の命令なんですよ。なんでもメガネ男子が見たいって」

苦笑いする涼さんをチラリと見て、萌ちゃんが楽しそうに笑った。

「だってふたりが同時にメガネかけることなんてないし」

ある意味この兄弟は、萌ちゃんの着せ替え人形状態。そんなことができるのは、萌ちゃんだけだろう。

「萌ちゃんにはふたりとも逆らえないですね」

メガネ姿の美形兄弟を眺め、真理ちゃんが笑みをこぼす。

「確かに萌ちゃんは最強ね」

大きく頷いて真理ちゃんに同意すると、涼さんの視線を感じた。

あっ、忘れてた。この状況はマズいんじゃないの？

ここで私と涼さんの関係がバレてはいけない。彼が忙しかったからずっとドイツ行きの話もできずにいたけど、今日絶対に話をしなきゃ。涼さんが私たちのことを話す前に先手を打たないと……。

「涼さんは今日お休みなんですか？」

休日なのは知っているのに、他人の振りをして尋ねる。

「……ああ。今週はずっと忙しかったけどね」

涼さんはじっと私を見て、すぐにニコッと笑った。

ほんの一瞬暗い顔をしたのは気のせいだろうか。ひょっとしてネックレスをしてないことに気づいた？

「薫さん、なにボーッとしてるんですか？」

真理ちゃんが怪訝な顔で聞いてきて、慌てて取り繕う。

「ううん、なんでもないの。こんなに集まって楽しいなって」

しばらくリビングで雑談をしていると、出張シェフがやってきて、みんなでダイニングへ。なんでも今日は極上ステーキを振る舞ってくれるらしい。

女性陣と男性陣に分かれて席に着くけれど、私の前は涼さんだった。

あー、なにか喋らなきゃ。

「あの、メガネ似合いますね」

唐突にそんな話を振れば、涼さんが私に話を合わせて笑って返す。

「悠で見慣れてない？　でも、そんなに褒めてくれるなら、これからはメガネかけようかな」

確かに副社長には似ているけど、涼さんのメガネ姿は新鮮だ。副社長は有能なビジネスマンという雰囲気なのに、涼さんは優しいお兄さんという印象を受ける。

身に纏っている空気が違うせいだろうか？　それとも、私が涼さんを好きだから……？

「月城さんはいつも清楚なイメージですが、家ではどうなんですか？」

涼さんが初対面で聞くような質問をしてくる。でも、ちょっと意地悪な質問で、彼が私の態度に不満を持っているように感じられた。

「す、すごくだらけてますよ。仕事が終わって家に帰ると、下着姿でゴロゴロしてたり、リビングの床で寝てたり」

知ってるくせに。

心の中で呟いて、ちょっと上目遣いに彼を見る。

「それは見てみたいな」

涼さんがキラリと目を光らせながらそんなコメントをすれば、副社長が「月城さんのそんな姿は想像つかないな」とクスッと笑ったのでハッとした。

いけない。他の人もいること忘れてた。

気づけば真理ちゃんと副社長が箸や小皿を出している。そんなふたりを見て、しみじみとお似合いの夫婦だなって思った。

それに、真理ちゃんを見つめる副社長の目が、とっても優しい。

会社で見る時よりも、真理ちゃんを気遣っているのがよくわかる。

真理ちゃんが、素敵な人と結ばれて本当によかった。それに……羨ましくもある。

愛する人のそばにいられて、真理ちゃんは幸せだ。

私には……そんな未来は望めない。どうしようもなく涼さんを愛しているのに……。

でも、悲観しちゃダメ。もう一緒にはいられないけれど、彼のためにできることはある。

「私も手伝います」と笑顔で声をかけると、真理ちゃんに断られた。

「お客さんなんだから座っててください」

「そのうちお客さんじゃなくなるかも。涼兄と薫さんて美男美女でお似合い」

私の隣に座っている萌ちゃんがニヤニヤ顔でからかってきて、あたふたする。

「も、萌ちゃん、他の女の人にも同じこと言ってない？」

「薫さん、かわいい。照れてる」

萌ちゃん、今日ここでその弄りはマズいの。

どう対処しようか困っていたら、副社長が「萌、大人をからかうのもそのくらいに」と注意する。

「はーい。ごめんなさい。でも、ふたりがくっついてくれたら嬉しいな。だって、薫さんも好きだもん」

「自分の願望を押し付けちゃダメだ。うまくいくものもいかなくなる」

あれ？　副社長、その言葉は微妙じゃないですか？　私と涼さんが付き合ってるって意味に取られちゃうんですけど。

ギョッとして副社長の顔を見ると目が合って、彼がニヤリと微笑した。

なんだか悪魔的な表情。そんな彼の顔は初めて見る。

ああ、これが真理ちゃんの知っている素の副社長なのかもしれない。

やっぱり真理ちゃんの送別会での涼さんとのキス、副社長にバレてた？

だとしたら、なんとかごまかさないと。でも、どうやって？

副社長を直視できなくて、テーブルに置かれたステーキ皿に目を向ける。

「ステーキ美味しそうですね」

にこやかにそんなコメントをしたら、動揺していたせいかジュージュー音を立てている熱々の皿を触ってしまい、思わず叫んだ。

「あっ、熱い！」

「大丈夫か？　こっち来て」

涼さんが慌てた顔をして、私の腕を掴む。そのまま彼にリビングから連れ出された。

真理ちゃんと萌ちゃんは呆気に取られた顔をしていたけれど、副社長はどこかおもしろそうにこちらを見ていて気になってしまった。

やはり、副社長は私と涼さんの関係に気づいているのだろうか？

「薫さん？」

涼さんの声でハッとする。気づけばバスルームに連れてこられ、火傷した手を流水で冷やされていた。

「動揺しすぎだよ。俺たちのこと隠したいならもっと平然としていないと」

いつも穏やかな涼さんだけど、今の彼はちょっと怒っていた。

「……ごめんなさい」

彼の顔を見れず、火傷した手をじっと見つめながら謝る。

「ひょっとしてまだ悠に未練がある？」

どこか悲しげに聞こえるその声にハッとして、顔を上げた。

「涼さ……ん？」

どうしてそんなことを言うのかわからなくて聞き返すと、彼は私から視線を逸らした。

「……ごめん。なんでもない。忘れて」

なにか言い返そうかと思ったけど、グッとこらえた。

勘違いされたままの方がいい。だって、私は今日彼に別れを切り出すのだから――。

その後、真理ちゃんが持ってきてくれた軟膏を塗って、涼さんとふたりでダイニングに戻った。すると、萌ちゃんが私と涼さんをくっつけようと画策してきて、なんだか悲しい気持ちになる。

本当は涼さんと付き合っているって、ここのみんなに声を大にして言いたい。

でも、できないのだ。考えるだけでつらい。

明るく振る舞うことばかり考えていて、ステーキを食べている時になにを話したのかはっきり覚えていない。涼さんの顔もまともに見られなかった。

夜の九時過ぎに萌ちゃんのお迎えが来て、私も涼さんもその後すぐにお暇することになり、玄関まで真理ちゃんと副社長が見送ってくれた。

「また来てくださいね」

ひまわりのように笑う真理ちゃんに、悪戯っぽく笑って返す。

「そんなこと言うと、毎週来ちゃうよ。副社長、今日はどうもありがとうございました」

私が軽く会釈すると、副社長は穏やかな笑みを浮かべた。

「また妻の相手をしてやってくれ。涼、ちゃんと彼女を送ってあげろよ」

「ああ。じゃあ。おやすみ」

涼さんは副社長の言葉に頷くと、私の肩をそっと押した。

ふたりで副社長のマンションを後にし、タクシーで涼さんのマンションへ。

タクシーの中で、涼さんは「萌が悪ノリしてごめん」と謝ったきり、ずっと黙っていた。私も「大丈夫」と返しただけで、それ以上は話さなかった。

これから私は別れを切り出さなくてはいけない。決して逃げるな。

涼さんのマンションに帰ると、玄関で彼に声をかけた。

「あの……涼さん、ちょっと話があるの」

「わかった」

涼さんが静かに頷いてリビングに移動し、ソファに彼と向かい合って座る。

いつもなら明るい笑顔で『なに？』とか聞いてくるのに、今日の彼は私の言葉をじっと待っている。私の異変になにか気づいているのかもしれない。彼は鋭い。

その彼をこれから私は騙そうとしている。すごく心が痛むけれど、これは彼の将来のためだ。私の涼さんへの思いは凍らせなくてはいけない。

「……ねえ、涼さん」

彼をしっかりと見据え、思い切って伝える。

「私たち別れよう」

言葉にした瞬間、胸がズキッと痛む。

涼さんと目が合ったが、決して逸らさなかった。

心を強く持て。強く――。

逸らせばこれから告げることが嘘だと、彼にバレてしまう。

「……どうして？」

涼さんは驚いた顔はせず、無機質な声で理由を聞く。

でも、私には自分の感情を抑えているように見えた。

「今日……再認識したの。私……やっぱり副社長が好き」

お腹には涼さんの赤ちゃんがいるのに、自分の気持ちを殺して私は一世一代の嘘をついた。

俺は悠にはなれない　—　涼side

「……ん」

寝返りを打って、パチッと目が覚めた。

ベッドには俺ひとり。薫さんの姿はない。

「今何時だ？」

ムクッと起き上がって目覚まし時計を見れば、午後四時過ぎだった。

「もうこんな時間か」

仕事から帰ったのは午前六時過ぎ。今週はずっと日付が変わってから帰宅していたせいか、かなり疲れていたようで十時間も爆睡してしまった。

「寝すぎたかも」

髪をかき上げながらベッドを出てバスルームに行き、シャワーを浴びる。

その後リビングに行くが、ここにも彼女の姿はない。

どこかへ出かけたか？

朝食を食べようとキッチンへ向かうと、ダイニングテーブルの上に薫さんが書いたメモが置かれていた。

【真理ちゃんの家に行ってきます】

悠の家に行ったのか。今日は薫さんとゆっくり話せるかと思ったんだけど……。

最近仕事が忙しくてすれ違いの生活。彼女がおじいさんを病院に迎えに来た日から、まともに会話をしていない。いつもこういうメモかメッセージでやり取りをしている。

今後のことを話したいんだけどな。うちの家族にも俺たちが付き合っていることを伝えてオープンにしたい。

ドイツ行きの件は今いる患者を置いていくのが気がかりだったのだが、医師の補充の見通しも立って、まだ返事を保留にしているけど前向きに考えていた。もっと腕を上げて多くの患者を救いたいし、このチャンスを逃せば、日々の業務に忙殺され、海外で経験を積むのは難しくなる。

薫さんも一緒にドイツに連れていくつもりでいた。もちろん彼女だって仕事をしているから、日本に残りたいと言うのであればそれを尊重するつもりだけれど、プロポーズをする意思は固かった。

……指輪、買いに行かないとな。だが、彼女のサイズがわからない。夜寝てる時にこっそり測るか。

そんなことを思案しながら、朝食を作って食べる。それからソファでボーッとテレビを観ていたら、テーブルに置いておいたスマホがプルルと鳴った。

病院からだろうか？

スマホを手に取ると、悠からの電話だった。

「はい。どうした？」

すぐに電話に出たら、悠が挨拶もなしに確認してくる。

《今家か？　今日は仕事ないんだろ？》

「ああ」

《二十分後に迎えに行くから用意しておけ》

「ごめん。話が見えないんだけど」

悠に理由を聞こうとしたら、今度は萌が電話に出た。

《涼兄、ヤッホー。萌だよ。今夜は悠兄の家で晩ご飯食べよ》

「はいはい」

薫さんがいるのは知っていたが、知らない振りをして返事をすると、萌に注意された。

《涼兄、『はい』は一回ね》

「はい。ごめん」と素直に謝って、電話を切る。

今まで萌との予定を何度かキャンセルしているので、逆らえない。

仕方なく出かける準備をすると、二十分後にマンションの玄関のインターホンが鳴った。萌だ。恐らく悠は、車の中で待っているのだろう。

「はい。今、行くよ」と返事をしてマンションのエントランスへ向かうと、萌に悠のメガネを渡された。

「はい、涼兄、このメガネして」

「え？　なんでメガネ？」

首を傾げて聞き返したら、萌が目を輝かせて言う。

「今、私の中でメガネ男子ブームなの。せっかくイケメンの双子の兄がいるんだから、メガネ姿を拝《おが》みたい」

「悠、メガネかけてるけど」

悠はプライベートではメガネはしないそうだが、親族と会う時は俺と区別をつけるためによくメガネをかけている。

淡々とそんなつっこみをしたら、萌に怒られた。

「メガネをかけたお兄ちゃんたちが見たいの」

「そうですか。わかりました。お姫さま」

とりあえずにこやかに頷いて、妹のご機嫌を取る。

「後で写真も撮らせてね。友達に自慢するんだあ。お兄ちゃんたち、友達に大人気なんだよ」

「人気ねえ」

萌と学校の話をしながら、マンション前に停まっている悠の車に乗り込む。

「なんか疲れた顔してないか?」

運転席にいる悠がルームミラー越しにそんなコメントをすると、俺と一緒に後部座席に座った萌も「確かに疲れた顔してるね。涼兄、目の下に隈あるよ」と同調した。

「ああ。最近ずっと忙しかったからね」

苦笑いしながらシートベルトをする俺に、萌がテンション高く言う。

「今日は美人の薫さんもいるし、きっと癒されるよ」

萌の口から薫さんの名前が出てきて驚いた。

「薫さんって……萌、月城さんと仲がいいの?」

「悠兄の会社に行くと、よく薫さんがお茶とお菓子出してくれて、萌と少女漫画の話をするの」

ああ。少女漫画ね。意外なところで繋がってるな。

「へえ。いい話し相手がいてよかったね」

「涼兄、薫さんの名前聞いて誰だかわかるなんてすごいね」

萌がなにかピンときたのか、俺にとびきりの笑顔を向けてきた。

「最近、月城さんに会う機会が多いからだよ。彼女が救急で運ばれてきた時に俺が対応したし、先日もおじいさんのお迎えで病院に来てたんだ。彼女、確かに美人だよね」

「お前が女性を褒めるなんて珍しいな」

話に入ってきた悠に、表情を変えずに返した。

「綺麗な人はちゃんと褒めるよ」

「つまり今まで綺麗だって思った女性はいなかったわけだ」

悠が揚げ足を取るが、それで狼狽える俺ではない。

「義姉さんも綺麗だと思ったけど、褒めると悠が嫉妬しそうだったから口に出して言わなかっただけだよ」

ニヤリとしてやり返したら、悠が「それは賢明だな」とフッと微笑しながら車を発進させた。

悠のマンションに着くと、萌が真っ先に玄関を上がり、口早に言う。

「お邪魔します！　萌、先行くね」

　まだ靴を脱いでいる俺と悠を振り返らずに小走りでリビングに向かう萌を見て、クスッと笑った。

「すごく嬉しそうだな」

「まあ、綺麗なお姉さんがふたりいれば、テンション上がるだろうな。萌、今お前に嫁さん見つけようと躍起になってるし」

　横にいる悠が意味深な視線を投げてくるが、薫さんとの関係はまだ彼には伝えなかった。

「どうして周りは放っておいてくれないんだろうね」

　ハハッと苦笑いする俺に、悠が楽しげに忠告してくる。

「俺も経験者だからわかるが、結婚するまで続くぞ。うちの親族はしつこいからな」

「肝に銘じておくよ」

　溜め息混じりに返すと、俺たちも萌の後を追う。それからすぐに「真理さーん、薫さーん」と、萌がはしゃぐ声がした。

「萌ちゃん、いらっしゃい。今ふたりでケーキ食べてたの。萌ちゃんも食べる？」

　リビングの手前で義姉の声も聞こえて、萌が俺たちの方を振り返る。

「うん。あのね、もうひとりゲストがいるよ」

その紹介で俺も姿を見せると、ソファに薫さんと義姉がいて、薫さんと目が合った。

「えっ、涼さん？」

目を大きく開けて、ひどく驚いた顔をしている。

家で寝ていた俺がここに現れるなんて予想していなかったのだろう。

俺も違う意味で驚いていた。

薫さん、……もう俺と悠との見分けがつくんだな。

今日の俺は彼女とどう接すればいいだろうか。

薫さんとの仲はうまくいっているけど、俺の家族の前でいつ関係をオープンにするか、まだ話し合ってはいない。

上杉さんには口が堅いと知っていたから強気に出ることができたが、今は薫さんに合わせた方がいいだろう。彼女だって心の準備が必要だ。

「正解です。お邪魔します」

薫さんに笑顔で当たり障りのない返しをすると、義姉に軽く会釈する。

「すごい。薫さん、メガネかけてるのに、涼兄って見分けつくの？」

萌が薫さんを見つめて、そんなつっこみをする。

　さあ、薫さん、どう答える？

　彼女に目を向けると、狼狽えているのか、若干目が泳いでいた。

「あっ、当たってた？　あの……その……勘？　副社長にしてはなんだか雰囲気違うから」

　その返答を聞いて、がっかりする自分がいた。

　予想はしていたけれど、やはり悠たちの前で交際を明かせないのか。

「勘でもすごいよ。萌、シャッフルしたらわからないもん。真理さんは簡単に見分けつくんだろうけど」

　萌がそう話を振ると、義姉はお日さまのように微笑みながら頷く。

「うん。涼さんは優しい雰囲気があるから」

「それは俺が優しくないって言ってるように聞こえるが？」

　俺の後ろから悠もやってきて話に加わると、義姉がそんな兄を見つめて言う。

「そういうことじゃなくって、涼さんが月のようなイメージで、悠さんは太陽って感じなの」

　相変わらず仲がいいふたり。

　ここにいるだけで、ご馳走さまと言いたい気分になってきた。

「なんかギラギラしてるんだってさ」

俺が兄夫婦をからかうと、リビングでしばらく和やかに話をする。

それから、出張シェフがやってきてダイニングに移動。

俺の前に座った薫さんを観察していたら、彼女は仲睦まじくテーブルの準備をする兄夫婦を羨ましそうに見つめていた。そのどこか悲しげな顔を見て悟る。

ああ、薫さんはまだ悠に未練があるんだな。

俺の家族の前で恋人として振る舞わないのも、悠がいるからではないか。

そういう疑念を抱いた。

「私も手伝います」と薫さんが兄夫婦に声をかけるが、義姉は優しく断った。

「お客さんなんだから座っててください」

そのやり取りを見て、萌がニヤリとしながら俺と薫さんに目を向ける。

「そのうちお客さんじゃなくなるかも。涼兄と薫さんて美男美女でお似合い」

あえてなにもコメントせず薫さんの反応を見ると、彼女は動揺していた。

「も、萌ちゃん、他の女の人にも同じこと言ってない？」

顔がほんのり赤い。

そんなんじゃあ、うまく隠せないよ、薫さん。

いつもなら笑って助け舟を出したと思うけど、今の俺にはそんな余裕がなかった。

「薫さん、かわいい。照れてる」

萌が薫さんを調子に乗ってからかうものだから、悠がやんわりと言う。

「萌、大人をからかうのもそのくらいに」

「はーい。ごめんなさい。でも、ふたりがくっついてくれたら嬉しいな。だって、薫さんも好きだもん」

屈託なく笑う萌の言葉に、悠が俺を横目でチラッと見て、ニヤリとする。

「自分の願望を押し付けちゃダメだ。うまくいくものもいかなくなる」

俺を挑発してるな。

悠には薫さんとのことはバレている。だが、義姉はまだ知らないようだ。

黙って悠を見据えていると、彼は薫さんに視線を移す。

悠と目が合った彼女は明らかに狼狽えていて、見ていられなかった。

俺とのことが悠に知られるのが嫌なのか？……と、勘繰ってしまう。

「ステーキ美味しそうですね」

薫さんが動揺を隠すかのようにステーキ皿に目をやったと思ったら、次の瞬間叫んだ。

「あっ、熱い！」

彼女がステーキ皿に触れて火傷したのを見て、思わず立ち上がった。

「大丈夫か？　こっち来て」

悠や義姉たちのことは頭になかった。薫さんの腕を掴んでそのままバスルームに連れていく。

洗面所の流水で彼女の手を冷やしながら注意した。

「動揺しすぎだよ。俺たちのこと隠したいならもっと平然としていないと」

普段の自分ならもっとソフトに言えたはずだが、今日はトゲトゲしい言い方になってしまう。

「……ごめんなさい」

俺の顔を見ずに彼女が謝るものだから、なんだか悲しくなった。

「ひょっとしてまだ悠に未練がある？」

ダイニングテーブルに着いてから、薫さんは全然俺を見ようとせず、兄夫婦ばかり気にしていた。

「涼さ……ん？」

困惑した顔をする彼女を見て、ハッと我に返る。

いけない。感情的になりすぎた。

「……ごめん。なんでもない。忘れて」

薫さんに謝るが、微妙な空気が流れる。

彼女もいつもと違う俺に驚いているのか、言葉を返してこない。

今週は忙しかったから疲れているのかな。

なにか薫さんにかける言葉を探していたら、義姉がやってきた。

「薫さん、大丈夫ですか？　あの、軟膏持ってきました」

軟膏を差し出され、笑顔で受け取る。

「ありがとう。すぐに冷やしたから水ぶくれにもなっていないし、大丈夫だよ」

「よかった。じゃあ、薫さんは涼さんに任せますね」

義姉がニコッとしてこの場を去ると、軟膏を薫さんの手に塗っていく。

「痛い？」

薫さんに尋ねると、彼女はぎこちなくではあるが笑った。

「……ちょっとヒリヒリするけど大丈夫」

「この程度なら痕も残らないよ」

優しく微笑んだら、彼女がホッとしたような顔で「ありがとね」と礼を言う。

「それじゃあ戻ろう。熱々の皿には気をつけて」

手を拭いて薫さんにそう声をかけ、ふたりでダイニングに戻る。

「ステーキ、早く食べないと、萌が食べちゃうよ」

萌が明るく笑いかけてきて、フッと微笑した。

「それは困るな。すごくお腹空いてるから」

「じゃあ、涼兄にはこのサラダあげる」

目の前の皿を差し出す萌に、クスッと笑って注意した。

「こら、野菜嫌いだからって押し付けない。バランスよく食べないと美人になれないよ」

「おお、涼兄そのつっこみいいね。なんだか夫婦《めおと》漫才みたい」

萌の発言に異議を唱える。

「兄と妹で夫婦漫才は無理があるな」

「だったら薫さんとやってみてよ」

萌がそんなお願いをすると、薫さんが苦笑いした。

「萌ちゃん、無茶振りしないでよ。台本もないのに無理だよ」

「台本があればやってくれるんだ？」

ほしい」

薫さんの揚げ足を取る萌を、また悠が注意する。

「萌、調子に乗りすぎだ。月城さんが困ってる」

「ごめんごめん。だって、涼兄と薫さんてお似合いなんだもん。もっと親しくなって
ほしい」

「萌、そういうのは余計なお節介だよ。おじいさんになにか言われた？」

萌がここまで俺と薫さんをくっつけようとするのは、ちょっと不自然だ。

「うん。実は涼兄と薫さんを仲良くさせろってミッションが……」

俺と悠に鋭い視線を向けられ、萌が少し気まずそうに白状する。

「おじいさんの戯言は適当に聞き流すこと」

ホント、見守ることができない人だな。

この場にいない祖父に呆れつつ、萌にやんわりと言う。

「はい。ごめんなさい」

しゅんと謝る萌を見て、薫さんが場の空気を変えるように明るく笑った。

「ほらほら、萌ちゃん。美味しいステーキが冷めちゃうから食べよう」

「ああ、薫さん優しいから大好き！」

萌がギュッと薫さんに抱きつくのを見てほっこりするが、薫さんが俺とあまり目を

合わせてくれないのが気になった。

午後九時過ぎに悠のマンションを後にして、薫さんを連れてタクシーで家に帰宅すると、玄関で彼女が少し緊張した面持ちで言う。

「あの……涼さん、ちょっと話があるの」

なにか嫌な予感がした。

いや、正確には悠の家で薫さんに会ってから、ずっと心の中に靄《もや》がかかったように不安を感じていた。

俺がプレゼントしたネックレスだって、今日はつけていない。

ふたりでリビングに行くと、彼女がまっすぐに俺を見据えてきた。

こんな風に俺を見てきたのは初めてで少し驚いた。それと同時に不安がますます自分の中で大きくなる。

「……ねえ、涼さん」

最初はためらいながらも、彼女は意を決したように告げる。

「私たち別れよう」

悪い予感が的中し、一瞬目の前が真っ暗になった。

「……どうして？」

機械的に返すが、心臓がバクバクしているのは自分でもわかった。

百メートルを全力疾走したよりも鼓動が激しくて、今初めて心臓に異変があって病院に運ばれてくる患者の気持ちがわかったような気がする。

うまく空気が吸えないし、脳に血液が行かず、なにも考えられない。

落ち着け。落ち着くんだ……と、自分に何度も言い聞かせる。

自分で聞いておいてなんだが、これ以上薫さんの言葉を聞きたくなかった。

だが、彼女は続けて言葉を紡ぐ。

「今日……再認識したの。私……やっぱり副社長が好き」

なにがあっても冷静でいられる自信があったけど、薫さんに対しては例外のようだ。

「なにを……言っている？」

ショックを受けながら聞き返す俺に、彼女はもう一度残酷な言葉を口にする。

「副社長が好きなの。だから、涼さんとは一緒にいられない」

「嘘だ！　絶対に別れない。急にそんなこと言い出すなんて納得できない」

つい感情的になって声をあげるが、彼女はそんな俺とは対照的に落ち着いていた。

「涼さんじゃダメなの。ごめんね。全部私が悪いの。涼さんには感謝してる」

感謝なんてしてほしくない。そう思ったが口にはできなかった。

薫さんはどこか吹っ切れたような顔で微笑んでいて、そんな彼女を見て俺はおかしくなりそうだった。

「俺は……別れない。別れられない。ちゃんとふたりで話をしよう」

薫さんの手を掴んだその時、ジーンズのポケットに入れておいたスマホが鳴った。

この大事な時にと思ったが、急患かもしれないから出ないわけにはいかない。

「いいよ。出て」

薫さんに促されてスマホを見たら、やはり病院からだった。

「……急患だ。戻ったら話をしよう」

一度振り返って彼女にそう告げてから、病院に向かう。

四時間に及ぶ手術をこなして早朝マンションに戻ると、薫さんの姿はなく、彼女の荷物もなくなっていた。


それからは、コンタクトを取ろうとしても徹底的に無視され、話をすることすらできない日々が続いた。

おまけにベルガー博士の都合で、本当は数カ月先だったドイツ行きが早まった。

彼女の会社に会いに行こうとしたが、毎日の業務に加えてドイツ研修の準備や引き継ぎがあって時間が取れない。それでも何度も彼女にメッセージを送った。

【薫さんと話をしたい。絶対に別れたくないんだ】

既読はついても、なかなか返事が来ない。

【電話でいいから話をしたい】、【まずは連絡だけでもくれないか？】……とメッセージを送り続け、ようやく彼女から返事が来たと思ったら、別れのメッセージだった。

【ごめんなさい。私の気持ちは変わらないの。今までありがとう】

そのメッセージを見て、愕然とした。

だが、このまま終わりになんてできない。

ドイツへ行く前日になってようやく休みが取れて薫さんに会いに行こうとするも、悠から衝撃的なメッセージが届いた。

【月城さん、うちの会社辞めたけど、一緒にドイツに連れていくなら、親父たちにひと言言っておけよ】

「薫さんが会社を辞めた？」

悠は俺と彼女との関係に気づいていたから、こんなメッセージを送ってきたのだろう。だが、彼女から別れを切り出されたことまでは知らない。

悠が好きだから彼女は会社を辞めたのか？　それとも俺の前から姿を消すため？

会社を辞めて、彼女はどこへ……？

今すぐ探しに行きたいけど、明日にはドイツへ発たなければならない。とても歯がゆかった。

身体がふたつあったらいいのにな。

このまま日本を離れるのはつらいが、俺は絶対に諦めない。

「必ず彼女を見つける」

そう心に誓い、ドイツへ旅立った。

母になればわかる

「今までありがとうございました」

会社の正面玄関の前で、社用車に乗り込んだ会長に深く頭を下げる。

「いや、それは私のセリフだよ。うちの会社を辞めても、君の幸せを祈ってるよ」

会長が優しい笑顔で返し、私は「ありがとうございます」と小さく微笑んだ。

今日は会長が出勤される最後の日で、私の退職日でもあった。

もう日はとっくに沈んでいて、ビルの間から月が見える。

車が走り出してもすぐに会社の中には戻らず、車の姿が見えなくなるまでしばらく頭を下げていた。

寂しい気持ちもあるが、今は達成感というか、心の中が清々しい感じがする。

涼さんとは二週間前に別れた。副社長の家から涼さんのマンションに戻った後に私から別れを切り出し、その日のうちに彼の家を出た。

その時のことを思うと、今でも胸が張り裂けそうだ。だけど、後悔はしていない。

明後日、涼さんはドイツに行くらしい。それは会長からの情報。その話を聞いて、安堵した。

次に日本に戻ってくる時、涼さんはさらに立派な医者になっているだろう。それでいい。これで安心して綾小路家と縁が切れる。

他の人には内密にとお願いして、会長には会社を辞めることを伝えていた。母が亡くなったので帰郷したいと話したら、会長は引き止めることはせず、わかってくれた。自分が引くということで、私に対して申し訳なく思っていたのかもしれない。

秘書室のみんなにはなにも告げずひっそり退職するつもりだったけど、上杉さんにだけは打ち明けて、『みんなには内緒にしてください。絶対に引き止められるから』と頼んでいた。

私は大きな秘密を抱えている。副社長と真理ちゃんに妊娠のことを知られたら、涼さんにも伝わって厄介なことになるだろう。

お腹が大きくなる前にどうしても辞めなければならなかったけど、会長の引退で事がうまく運んだ。

「さあて、あとは私の身辺整理」

オフィスに戻り、あらかじめ用意していた退職メールを関係者に一斉送信。

秘書室にいるのは私だけ。

パソコンの電源を落とすと、由美ちゃんたちのデスクに手紙とクッキーを置いた。

朝来たら、私がいなくなってビックリするだろうな。

でも、会長も今日で引退されたし、私も心残りはない。

ここでの仕事はやり甲斐《がい》があって楽しかった。

私が……私でいられた場所。私を認めてくれた場所――。

バッグを持って部屋の電気を消そうとしたら、上杉さんが息せき切って現れた。

「よかった。間に合った」

「上杉さん？　今日は直帰のはずじゃあ？」

彼は副社長の会食に同行していたはず。

「いや、月城さん最後だし、戻るつもりでいたんだ。これを渡したくてね」

上杉さんが差し出したのは、ＡＹＮ商事の社名が入ったブルーの封筒。

「退職に関する書類かなにかですか？」

問いかけるように呟いて封筒を見つめる私に、彼が穏やかな声で言う。

「会長と僕からの餞別《せんべつ》」

「こんないただけません」

会長と上杉さんには充分よくしてもらった。断ろうとしたら、彼がわざと困った顔をする。

「会長と僕からの感謝の気持ちだよ。どうか受け取って。でないと会長に怒られるから」

「上杉さん……。ありがとうございます」

ありがたく封筒を受け取ると、彼が急に表情を変えた。

「……ドイツには行かないんでしょう？」

上杉さんも涼さんがドイツに行くことを知っているのだろう。

「はい。実家に帰ろうかと思います。会長も引退されたし、今後のことを考えるいい機会だと思って」

涼さんと別れたことには触れず、上杉さんの目を見てそう答える。

嘘をつくのは胸が痛むけれど、涼さんのためだ。

「そう。まだ涼さんのことを……いや、なんでもない。元気でね」

なにか言いかけたが、彼は小さく頭を振り、私に優しく微笑んだ。

「上杉さんも。お世話になりました」

私も笑顔で礼を言い、秘書室を後にする。

会社にも、お世話になった人たちにも、ありがとうって心から言いたい。

今はそんな気持ち。

十年間勤めた会社。思い出がいっぱいある。

ここで過ごした日々を振り返りながら会社を出ると、電車に乗って自宅へと帰る。

そこは誰もいないマンションの一室。でも、お腹の中には赤ちゃんがいる。だから、ひとりじゃない。

今後のことはこれから考えよう。しばらくは在宅で仕事をするつもりでいる。新居探しでお世話になった大学時代の先輩が、データ入力の仕事を紹介してくれたのだ。

今は心穏やかに過ごして、お腹の赤ちゃんの成長を楽しもう。

料理も、これからママになるんだから少しはうまくならないとね。

お腹を愛おしげに撫でながら微笑む。

未来に向けて、私は歩き始めていた。


親しい人と離れての新しい生活は、資金もあったし順調だった。

会社を辞めてすぐに真理ちゃんと由美ちゃんから、【どうして内緒で会社辞めたんですか？】と怒りのメッセージが来た。

予想していたから、【ごめん。会長も引退したし、自分の将来を実家に帰ってじっくり考えたくなったの】とあらかじめ用意していた文章を送ったら、ふたりともわかってくれた。私の母が亡くなったこともあって、いろいろと察してくれたのだろう。ひょっとしたら、もうふたりにも会うことはないかもしれない。

涼さんの連絡先は消してしまったけど、ふたりのはそのままにしておいた。連絡が急に取れなくなったと騒がれて、涼さんにまで伝わっては困るから。

彼にはなんの心配もなくドイツで学んできてほしい。遠くで彼の幸せを祈る。

そう決めたはずなのに、暇な時間ができると、涼さんと過ごした日々を思い出してしまう。

彼の眼差しも、その優しい声もまだはっきりと覚えている。忘れるわけがない。

彼と別れてからも、毎日クリスマスにもらったネックレスをつけている。

これをつけていると、もう離れてしまったのに、彼がぴったりと寄り添って私を守ってくれているように感じるのだ。

「涼さん、今ちゃんとご飯を食べて元気にしている？」

思考がそのまま声になる。

連絡先を消去しても、彼から電話やＬＩＮＥは来ていてどれも無視していた。本当は電話に出て、彼の声を聞きたい。でも、それをしたら、すべてが台無しになる。

もし涼さんが赤ちゃんのことを知ったら、ドイツからすぐに戻ってくるに違いない。彼は愛情深い人だ。自分の将来を捨てて、私と赤ちゃんを守ろうとするだろう。

でも……そんなの私は望んでいない。

「世界一のドクターになって」

ポツリと呟いて、小さく微笑する。

彼と結婚して幸せに暮らすことを夢見た日もある。だけど、自分の夢よりも、彼の将来の方が私には大事だから……。

夢は追っちゃダメ。現実を見なきゃ。私のお腹は日々大きくなっている。

妊娠五カ月になるとワンピースを着ていてもお腹の膨らみが目立ってきて、行動範囲が狭くなった。あまり出歩かず、近くのスーパーに行くくらい。

双子妊娠には安定期がないから、なるべく安静にしている必要があるのだ。早産の可能性も常にあるので、食事には気をつけているし、入院グッズも用意してある。

今日も近所のスーパーに行ってマンションに戻ると、驚いたことにエントランスの前に義兄がいた。

「え？　お義兄さん？」

突然の来訪に、ショックで軽く目眩がした。

「薫ちゃん？　え？　え？　どうしたの？」

義兄も私の大きなお腹を見て、固まっている。

姉には新しい住所を知らせてあったのだが、まさか義兄が訪ねてくるなんて想定外だった。なんて言い訳しよう。

言い訳って……このお腹見られたら、言い訳なんてできないか。

あー、どう説明したらいいの？

数十秒見つめ合ったままだったけど、義兄の方が早く落ち着きを取り戻した。

「薫ちゃん、ちょっと話をしようか。どこか近くにカフェある？」

「あの……冷蔵庫にお肉とか入れなきゃいけないので、うちで話しませんか？」

そう提案すると、いつもの穏やかな顔で義兄はコクッと頷き、私の手にあったレジ袋を持ってくれた。

「わかったよ。荷物重いから、僕が持つね」

平静を装ったものの、頭はパニックだ。

もう隠せるわけがない。きっと姉の耳にも入ってしまうだろう。

義兄と一緒に部屋の前まで来ると、あまりの動揺からキーケースを落としてしまう。

「あっ、僕が拾うよ」

義兄が身を屈めて拾って、私に手渡した。

「ありがとうございます」

笑顔を作って礼を言い、鍵を開けるが、もう心臓がバクバクだった。

「散らかってますけど、適当に座ってください」と声をかけて、義兄を招き入れる。

スーパーで買ってきた食材を冷蔵庫に入れると、コーヒーを淹れて出した。

「あの……どうして東京に？」

ベッドの前にあるテーブルに、義兄と向かい合って座る。

「学会があってね。雅についでに薫ちゃんの様子を見てきてくれって言われたんだ」

義兄の返答を聞いて、コクッと頷いた。

「そうですか」

今の私の状況を姉が知ったら卒倒するかもしれない。シングルマザーになろうとしてるんだもの。しかも双子。

「それで、……今何カ月なの？」

義兄が優しい口調で聞いてきて、間を空けずに答える。

「五カ月です」

「五カ月にしては大きく見えるな」

姉の妊娠中と比較しているのだろう。それに、義兄は医者だ。多少なりとも妊娠の知識はあるはず。

「……双子なんです」

ここまできたら隠しても意味がないので、正直に告げた。

「それは大変だな。パートナーとは一緒に住んでるの？」

チラッと育児雑誌が積んである部屋を見て、義兄が尋ねてくる。

「……いえ。別れました」

呆れるだろうと思いながらも、事実を話した。

「え？　じゃあ、ひとりで双子を産む気なの？」

義兄が絶句している。ビックリさせてしまって申し訳ないけれど、もうどうしようもない。

「はい。そのつもりです」

「周囲の助けなしに双子を産むなんて無理だよ。ひとり産むのだって大変なんだ。うちに帰っておいで」

うちに帰っておいで……。

当然のように義兄の口からその言葉が出てきて、驚くと同時に困惑した。

「あの……私の家はもうないです」

実家は売ってしまった。義兄たちを頼るわけにはいかない。

「なに言ってるんだ。僕の家が薫ちゃんの家だよ。雅はビックリするだろうけど、なにも心配はいらないから」

「でも……迷惑はかけられません」

私がためらっていると、義兄が温かい目で微笑んだ。

「迷惑じゃない。もっと僕たち家族を頼ってほしいな」

義兄の言葉に、胸が熱くなる。

「お義兄さん……」

泣きそうになっていたら、義兄がにっこりと笑って立ち上がる。

「じゃあ、うちに帰る準備しようか。このマンションをどうするとか、細かいことは後でいい。そんな身重な身体なのに、ここに薫ちゃんひとり置いておけないから」

穏やかな人だけど、義兄はこうと決めたら突き進む性格のようだ。

私が荷造りしている間に、義兄は姉に連絡をし、その日のうちに福井に帰ることになった。この急展開に頭がついていかないが、義兄はニコニコしている。

福井駅からタクシーに乗って義兄の家に着くと、姉と蒼介くんが出迎えてくれた。

「薫姉ちゃん、いらっしゃい……あっ、おかえり」

義兄の家に入るのが気まずかったけれど、蒼介くんの屈託のない笑顔に救われる。

「……お邪魔します」

姉に目を向けて挨拶すると、姉はしばしじっと私を見て、フーッと息を吐いた。

「……おかえりなさい。一階に部屋を用意してあるわ」

前回泊めてもらったのは二階の部屋だったから、身重の私が移動しやすくしてくれたのかもしれない。

結婚せずに子供を作って呆れているだろうに、姉はこうして私を迎えてくれる。

「……ありがとう」

目頭が熱くなる。ここに来てホッとする自分がいた。ずっとひとりで頑張らなければいけないと気を張っていたから。でも、頼れる人たちがここにいる——。

「ねえねえ、お腹触っていい？」

興味津々といった顔で私に尋ねる蒼介くんに、笑顔で頷く。

「うん。いいよ」

「わあ。スイカみたいだね。本当にここに赤ちゃんがいるんだ。しかも双子なんでしょう？　楽しみだね」

恐る恐る手を伸ばして、蒼介くんが私のお腹に触れてくる。

考えてみたら、生まれてくる赤ちゃんと蒼介くんは血が繋がっているのだ。

いとこ同士仲良くしてくれたらいいな。

「そうだね」

「生まれたら僕がミルクあげるよ。ずっと弟か妹が欲しかったんだあ」

蒼介くんの明るい笑顔が胸にジーンときて、涙がこぼれ落ちる。

「それは頼もしいね」

涙を拭いながら笑うと、蒼介くんが「うん、任せて」と私のお腹をよしよしと撫でた。

しばらくして姉が布団を運んできて、私が手伝おうとしたら止められた。

「いいから、薫は座ってなさい」

「あっ、うん。ありがと。……迷惑かけちゃってごめんね」

「迷惑だなんて思ってないわ。でも、ビックリよ」

布団を敷きながら、姉がどこか困惑気味の表情で笑っている。

「ごめん」ともう一度謝ると、姉が手を止めて私を見つめた。

「母さんが生きてたら、きっとお説教ね。でも、薫がかわいいからよ。薫が東京に行ってから、母さんずっとあなたの話ばかりしてた」

「家事ができないとか、そんな話？」

苦笑いしながらそう返す私に、姉が小さく頭を振る。

「違うわよ。東京の大学に行かせてあげられなくて悪かったって。母さんが心配で、薫ここに残ったじゃない？　東京の大学受験するつもりだったのに」

「地元の大学の方が通うの楽だったからだよ」

東京の大学を出た姉が罪悪感を抱かないように笑ってごまかすが、姉はわざと上目遣いに私を睨んだ。

「嘘つき。薫は優しい子だって、母さん言ってたわよ。欲しいものがあっても我慢するって」

「……そうなんだ？」

姉の前で母が私のことを褒めるなんて意外すぎて、すぐに信じられなかった。

「薫が上京する時母さんが止めなかったのは、薫の好きにさせたかったからよ」

「お姉ちゃんが近くにいるから、もう私のことはどうでもいいのかと思った。私、お母さんに怒られてばっかりいたし」

褒められるのはいつも姉で、私の努力なんて絶対に認めてはくれないと思い込んでいた。

「そんなわけないでしょう? 自分がお腹を痛めて産んだ子よ。薫もそのうち母さんの気持ちがわかるわよ。かわいいから、ついつい注意しちゃうの」

姉というよりは母の顔で姉が言うのを聞いて、なんだか胸が熱くなった。

ずっと恋い焦がれていた男性

「おぎゃあー」

赤ちゃんの泣き声で、ハッと我に返る。考え事をしていたら、哺乳瓶が赤ちゃんたちの口から外れていた。

「あら、哺乳瓶外れちゃったね。ごめん。ごめん」

ニコッと笑顔を作って再び双子たちに哺乳瓶を加えさせていると、バタバタと足音がした。多分、蒼介くんが小学校から帰ってきたのだろう。一分も経たないうちに、彼が部屋に入ってきた。

「薫姉ちゃん、僕も手伝うよ」

ニコッと笑う彼は、まだランドセルを背負ったまま。きっと玄関で双子の泣き声を聞いて飛んできたに違いない。

「おかえりなさい。手は？」

私の質問に、蒼介くんは「洗ったよ」と当然のように答えてランドセルを下ろし、私が左手に持っていた哺乳瓶に手を添えた。

「えーと、こっちはお姉ちゃんの美涼？」

蒼介くんが確認してきて、コクッと頷く。

「当たり」

「やったあ。当たった。美涼はにっこりしながらミルク飲むんだよね。涼寧の方は必死になってミルク飲むの。どっちもかわいい」

そう。一卵性で顔はそっくりでも、ちょっとした違いがある。出産直後はどっちがどっちかわからなくて、病院でつけてもらったリストバンドを見て確認していた。だから、退院してリストバンドを外したら取り違えるんじゃないかってすごく不安で、医者である義兄に相談したのだ。

『家で取り違うことってあると思います？　自分が間違えちゃうんじゃないかって、もう心配で』

パッと見ただけで判別がつかないから不安になる。しかも、間違えられた赤ちゃんは、『違う』と主張することすらできない。

『家族が知らないだけで、実は入れ替わってることあるかもしれないね。心配なら、家でもリストバンドつけておいたら？　ネットでも赤ちゃん用のリストバンド売ってるみたいだよ』

私の悩みを聞いて、義兄は笑ってジョークを言いつつも、優しくアドバイスしてくれた。

退院してしばらくはリストバンドをつけていたけれど、十日くらいで見分けられるようになってきて、今は外している。

双子でも蒼介くんが言うようにミルクの飲み方が違うし、泣き方も違う。美涼はか細い声で泣くけれど、涼寧は新生児にしては大声で泣くのだ。

「蒼介くんは大人になったら、いいパパになるよ」

ミルクもオムツ替えもちゃんとできるし、抱っこも手慣れたもの。安心して赤ちゃんを任せられる。

「パパの前にお兄ちゃんになりたいな。それにしても、ここ……なんか哺乳瓶の工場みたいだね」

蒼介くんがベッドサイドのテーブルにずらっと並んでいる哺乳瓶を見て、おもしろそうに笑う。今、ここにある分だけでも十本はある。双子だから、哺乳瓶を洗う暇もないくらい次々とミルクを飲むのだ。

「ホントだね。工場みたいにオートメーションで人肌の温度のミルク作れたらいいんだけど」

そんな願望を口にしたら、姉がトレーを持って現れた。私の食事を運んできたのだ。

「あらあら帰ってきたかと思ったら、赤ちゃんのお世話？　蒼介の部屋、ここに移動させようかしら」

私が出産してから、姉はいつも食事や育児のサポートをしてくれる。哺乳瓶だって全部姉が洗ってくれているのだ。

「さすがにそれだと蒼介くんが寝不足になっちゃうよ」

姉は傍から見たら誰もが羨むような生活をしているけれど、蒼介くんを産む前に二度流産を経験したらしい。私がそのことを知ったのは、双子を出産した直後だ。

『産まれてきてくれるだけでありがたいのよ』と、双子の育児でヘトヘトになっている私に、姉が笑って話してくれた。

でも、姉は双子のパパのことは一切聞かない。私から話すのを待ってくれているんだと思う。

いつか笑って話せる日が来るのだろうか。今はまだ彼への未練があって、泣いてしまいそうだ。自分から離れたのに、涼さんに会いたくてたまらない。

時間が経てば彼のことを忘れるかと思ったけれど、日に日に思いが強くなっていく。

こんなんじゃあ、ダメ。しっかりしないと。

心の中で自分を叱咤する。

涼寧がミルクを飲み終わり、抱っこしてげっぷさせていたら、ピンポーンと玄関のインターホンが鳴った。

「あら、誰かしら？」

姉が部屋を出ていくと、蒼介くんもミルクが終わって美涼を抱き上げ、トントンとその小さな背中を叩いてゲップをさせる。

「なんかずっと抱いていたい。赤ちゃんていい匂いするよね」

「そうだね」

「ねえ薫姉ちゃん、あの……赤ちゃんたちのパパって生きてるの？」

蒼介くんがためらいながらも私に尋ねる。多分ずっと聞きたかったけど、我慢していたのだろう。

そりゃあ、パパがいないの変に思うよね？

だけど、聞いちゃいけない空気を察していたに違いない。

「生きてるよ」

笑顔で答えると、彼がホッとした顔になって、さらに質問してきた。

「その人カッコいい？」

「カッコいいよ。今まで出会った人の中で一番カッコいい」

涼さんの顔を思い浮かべながら答える私を見て、蒼介くんがにっこりする。

「薫姉ちゃん、その人のこと、すっごく好きなんだね」

「うん。すっごく好き」

今まで涼さんのことを口に出すのは、我慢していた。彼への思いが溢れて、すぐにでも電話してしまいそうで怖かったのだ。

だけど、蒼介くんの前だからだろうか。なんだか素直な気持ちになって、笑って涼さんの話ができる。

「パパなら……赤ちゃんたちに会いたいんじゃないかなあ。だってこんなにもかわいいんだから」

ポツリと呟いた蒼介くんの言葉が、私の心にスーッと入ってきた。

「……そうだね」

心の中では私も同じことを思っていた。

「僕がパパだったら、絶対に会いたい」

私をじっと見て、蒼介くんがなにか訴えるように言う。

「蒼介くん……」

直接的ではないが、パパに赤ちゃんを会わせてあげてって私に頼んでいるのだ。

それで彼に気づかされた。

私は……すべて自分で決めてしまった。涼さんだって、赤ちゃんたちの存在を知ったら絶対に会いたいって思うはず。それに……双子からパパを奪っていいの？

ううん、よくない。

「会わせてあげなきゃね」

蒼介くんに言われて心が決まり、彼に明るく微笑んだ。

今日、涼さんに双子のことを知らせよう。メッセージを送っても、見てくれないかもしれない。だったら、真理ちゃんの力を借りるまでだ。

自分の心を騙して子育てをしてきたけれど、それももう限界。

彼が恋しくて、恋しくて……どうにかなってしまいそうだ。

涼さんに会いたい――。

双子は日々大きくなっているけれど、私の時間は彼と別れたあの日で止まっている。

「よかった」

蒼介くんが安心したように笑ったその瞬間、姉が少し緊張した様子で戻ってきた。

「薫、あなたにお客さまよ」

私にお客さま？　でも、誰？

こちらに来るような知り合いが思い浮かばなくて考えていたら、姉の背後から顔を出したのは、私がずっと恋い焦がれていた男性で——。

「涼……さん？」

呆然としてしまって、うまく声が出てこない。

目の前に立っている涼さんは、最後に見た時よりも頬が少しこけていた。

涼さんはドイツにいるはず。どうして福井にいるの？

これは夢なんじゃないだろうか。それとも、私の目がおかしいの？

誰か夢じゃないって言って。

心になにかが流れ込んでくるのを感じながら、瞬きするのも忘れるくらい涼さんを見つめる。

「忘れ物をしたから戻ってきたんだ」

涼さんは双子に目を向け一瞬驚いた顔をしたけれど、すぐに私をまっすぐに見据えてそう告げた。

もう絶対に離さない　―　涼side

「来週からの休暇、日本に帰ったらどうだ？」

ベルガー博士が胸部の映像をモニターで見ながら、ロボットアームを操作している俺に話しかける。

その話を聞くのは、今日で三回目だった。

「それ、手術中にする話ではないかと思いますが」

クールに返しながら、いつも通り慎重にロボットアームを操作する。

俺は橋本部長の話を受け、ドイツの大学病院にいた。

俺が師事しているベルガー博士は、神の手を持つと言われている世界一の心臓外科医。過去五年間の手術の成功率はほぼ百パーセントという天才ドクターだ。医学界の神様なのに驕《おご》ったところはなく、豪快で快活で、時にはお節介な人。

今行っているのは、外科手術用のロボットを使用した心臓手術。

ロボット手術は開胸手術と違い、数カ所穴を開けて行うので、患者の負担が少なく、傷跡も目立たない。一週間ほどで退院可能という画期的な手術方法だが、まだロボット手術をできる医師が少ないのが現状だ。

この半年で約五百例の手術をこなしてきた。最初はベルガー博士の助手としてサポートするだけだったが、今では俺が執刀医としてロボット操作をするのがほとんどで、ベルガー博士はふらっと手術を見に来るだけ。それだけ信頼されているのだろう。

ドイツに来てから、仕事面ではすごく充実していた。新しい技術を学び、たくさんの手術をして、短期間で元気になる患者をこの目で見て……。医者になった喜びを肌で感じている。だが、その喜びを一緒に分かち合ってくれる人がそばにいない。

薫さんのことは常に頭にあって、こちらから電話やＬＩＮＥをしても、彼女が応答することはなかった。彼女のいない寂しさを紛らわすために、休日も日本にいる後輩医師の相談にのったりして、自分から仕事を積極的に受けている。しかし、お節介な天才医師は、俺のその現状が気に入らないようで……。

「そうか？　だが、それで気が散る涼じゃないだろ？　お前はさあ、死に急いでる医者に見える。勤務時間が終わっても俺に内緒で残って勉強してるだろ？　その上、休みの日も日本にいる医師や患者の問い合わせに対応してるそうじゃないか。橋本が言ってたぞ」

「日本では忙しくしていたので、ドイツみたいにちゃんと休みを取ると、調子が狂うんですよ」

そう、日本と違ってドイツでは休みを必ず取らされる。それは義務みたいなもの。ただでさえ週末休みという勤務形態は今の俺には苦痛なのに、来週から六週間という長い休暇に入るのだ。

橋本部長もベルガー博士に余計なことを……。

俺を心配してくれるのはわかるが、仕事をしている方が落ち着いていられる。

「自分のためだけじゃなく、患者のためにもちゃんと休暇は取れ。医者なら自分がおかしいってちゃんと自覚しろよ。このままだとお前、確実に病むぞ」

「だから、これが俺の普通の状態なんですよ」

「馬鹿。顔に悲壮感漂ってる。日本に大事な忘れ物があるんじゃないか？　いいか、休暇は六週間ある。ゆっくり身体を休めろ。俺を抜いて世界一の医者になりたいのならな」

忘れ物……か。やはりこの人はただ者じゃない。

「休暇なしの方が早くなれると思いますが」

彼の言葉にハッとしたものの、平静を装って冷淡に言い返すと、大きな溜め息をつかれた。

「まったく面倒な弟子だな。一度日本に帰らないと、もうお前に手術させせない」

冗談のように言っているが、本気だろう。

「勝手な人ですね」

手術で開けた穴を縫合しながら恨み言を言うと、ベルガー博士はハハッと意地悪く笑った。

「師匠の言うことは素直に聞くものだ」

心臓外科医のカリスマの言葉にもう反論せず、しっかりと受け止めた。

俺は確かに日本に大事なものを忘れてきている。

——薫さん。

頭の中に彼女の顔が浮かぶ。

手術を終わらせると、すぐに日本行きの航空チケットを予約した。

薫さんがＡＹＮ商事を辞めてから、彼女の消息を掴めていない。実家に戻るかと思っていたのだが、俺が調べたところではその実家が売却されていた。

彼女は一体どこへ行ったのか。なんとしても見つけないと。

今考えても、彼女の急な心変わりはおかしい。

俺と彼女は気持ちが通じ合ってたはず。彼女になにがあった？

なにか理由があって、彼女は俺に別れを告げたのでは？

悠の家で会った夜に薫さんは俺のマンションを出ていったが、急に思い立ったとは思えなかった。

ひょっとして俺のドイツ行きの話を誰かから聞いたんじゃないだろうか。

そんなことを考えながら医局でデスクワークをしていたら、大学の後輩の橋本先生がふらっと尋ねてきた。

「綾小路先生、こんにちは」

日本で顔を合わせていた時と同じように普通に挨拶をしてきて、少々戸惑う。

「橋本先生？　え？　……どうしたの？」

橋本部長からはなにも聞いていない。

「あの……父に、綾小路先生が働きすぎだから様子を見てくるように言われまして。寝る間も惜しんで仕事をしてると聞いています」

俺にそう説明する彼女は、いつもの落ち着いた様子と違い、どこか緊張していた。

周囲にはそんなに俺が危ない状態に見えていたのかと、改めて思う。

「そう。忙しいのにわざわざドイツまで悪かったね。大丈夫。これから長期休暇を取るところだから」

ニコッと笑顔を作るが、彼女はホッとした顔はせず、ためらいがちに質問してきた。

「いえ。あの……月城さんはドイツに来てないですよね？　彼女とその後連絡は？」

「どうしてそんなことを？」

なぜ彼女の口から薫さんの名前が出てくるのか？

驚いて聞き返すと、彼女は俺から視線を逸らし、伏し目がちに言う。

「……彼女にお願いしたんです。先生がドイツの話を受けるよう説得してほしいと。でも、嫉妬もあったんです。私……ずっと先生に憧れていたから」

その話を聞いて、薫さんが突然別れを切り出した理由がわかった。

「そんなことがあったのか……」

だから薫さんは、俺をドイツに行かせるために去った。

「私……余計なことをしてしまったって、ずっと悔やんでいたんです。申し訳ありませんでした」

橋本先生が深々と頭を下げるのを見て、優しく返した。

「もういいです。いろいろわかったから。橋本先生の気持ちには応えられないけれど、ここまで来てくれてありがとう」

薫さんは俺を嫌いになったわけじゃない。

——今でもきっと俺を愛してくれている。

「先生……」

彼女がハッとした表情で俺を見る。

「もう決めていたんですよ。彼女を迎えに行くって」

ずっと靄の中にいたのが、今ようやく晴れたような気がした。

薫さんがなんと言おうが、絶対に離さない。離れない。

仕事を終えて帰宅すると、日本にいる悠に電話をかける。

「悠、頼みがあるんだ——」

どんな手を使っても薫さんを見つけて……この手で捕まえる。

絶対に——。

「たった今、成田《なりた》に着いた。それで、彼女の居場所わかった？」

ドイツを経つ前に悠に薫さんとのことを打ち明け、彼に協力を頼んだ。ずっと俺ひとりで解決しようとしていたが、それで薫さんを見つけられなかったわけで、もうなりふりなんて構っていられなかった。

薫さんは実家に帰ると言って会社を辞めたが、実家には帰らず、しばらく都内のマンションで暮らしていたらしい。それは悠が雇った興信所からの報告。なんでも薫さんの大学時代の知人のマンションらしく、俺が彼女の消息を掴めなかったのも、名義が月城ではなかったからだろう。

だが、今はそのマンションも出て、彼女は福井にいるらしい。実家ではないのは俺も調べてわかっているが、果たしてどこにいるのか。

《ああ。上杉に確認してもらった。今、姉夫婦のもとに身を寄せているらしい。元気にしているみたいだが……驚くなよ》

悠が急にそんな前置きをしてくるものだから変に思った。

「は？　どういう意味？」

首を傾げながら聞き返したら、悠が真剣な声で告げる。

《上杉の話では、小学生くらいの男の子と一緒にベビーカーを押していたそうだ。しかも双子用》

ベビーカー？　双子用？

一瞬頭の中が真っ白になった。

数秒置いてようやく声が出る。

「それって……」

俺の子……じゃないか。絶対に。

《上杉は驚いて彼女に声をかけられなかったらしい。……お前、身に覚えがあるだろう?》

「ああ」

突然の別れ。突然の退職。すべては妊娠がバレないようにするためだったんだな。特に俺に……。

ショックだった。彼女が妊娠していたことに気づかなかったなんて。

仕事が忙しくて、彼女の寝顔しか見られない生活が続いていたせいだ。

ひとりで子供を産んで、どんなに大変だったか。

時を戻せるなら、彼女が俺のもとを去ったあの日に戻りたい。

病院からの電話がなければ、ちゃんと話ができて、今頃ふたりで子育てをしていたかもしれない。

黙り込む俺を元気づけるように、悠が強い口調で言う。

《住所はLINEで送っておく。すぐに迎えに行け。今度は絶対に離すなよ》

「わかってる。ありがとう」

短く礼を言って電話を切ると、成田から鉄道で福井に直行した。

福井に着くまでの間考えるのは薫さんのこと。

いや、日本行きの航空チケットを取ってからずっと彼女のことを考えていた。

赤ちゃん……か。

悠からその話を聞いた時は頭の中が混乱していたし、自分を責めた。

だが、過去には戻れない。だから、未来をこの手で変える。

福井に着くと、タクシーに乗って薫さんの姉の家に向かう。

田園風景が広がる中に、大きな病院が見えた。タクシーはその病院の隣にある広いガレージ付きの白い邸宅の前で停車する。

「ここか……」

なかなか立派な家だ。玄関前には双子用のベビーカーが置いてあって、薫さんと赤ちゃんは絶対にここにいると思った。

精算をしてタクシーを降り、スーッと息を吸ってインターホンを押すと、《はい》と女性の声がする。

薫さんの声に似ているけれど、彼女じゃない。恐らく彼女のお姉さんじゃないだろうか。

「綾小路涼と言います。月城薫さんと話をしたいのですが」

もう薫さんがいるのはわかっていたので、用件を伝える。

《綾小路……様。……ちょっとお待ちください》

妹がいた会社の社長の名前だから、聞き覚えがあったのだろう。ちょっと驚いてはいるような声だったが、不審者扱いはされなくてホッと胸を撫で下ろす。

数秒後に玄関のドアが開いて出てきたのは、薫さんに面差しが似た三十半ばくらいの女性。

「はじめまして。綾小路涼です。薫さんを迎えに来ました」

背筋を正して挨拶すると、応対した女性は動揺した様子で俺をまじまじと見つめてきた。

「……あなたが双子の？　私は薫の姉の雅といいます。ど、どうぞ上がってください」

「お邪魔します」

ニコッと微笑んで家の中に入るが、緊張で顔が強張る。

薫さんの姉に続いて廊下を進んでいくと、心臓がドッドッドッと大きな音を立てているのが自分でもよくわかった。

ようやく薫さんに会える。それに俺たちの子供にも会える。

どう声をかけよう。

薫さんの姉が、ある部屋の前で足を止めた。

この部屋に薫さんがいる。

じっと見据えると、薫さんの姉がドアを開けた。

「薫、あなたにお客さまよ」

部屋の中が見えると同時に、薫さんの姿が目に飛び込んできた。腕には赤ちゃんを抱いている。薫さんは少し疲れた顔をしているけど、あまり変わってはいなかった。

彼女の隣には赤ちゃんを抱いた小学生くらいの男の子もいる。赤ちゃんはふたりとも新生児くらいの大きさで目を閉じていたが、その顔はなんとなく薫さんに似ていた。

あれが……俺たちの子供。

悠から話は聞いていたものの、赤ちゃんたちを初めて見て驚いたし、もう自分はパパなんだと実感した。

「涼……さん？」

呆然とした顔で俺の名前を口にする彼女。

薫さんと別れてから俺の世界はずっと色をなくしていた。でも、彼女を見てようやく色を取り戻した気がする。

なんだろう。自然と笑みがこぼれてくる。

やっぱり俺には彼女が必要なんだ——。

「忘れ物をしたから戻ってきたんだ」

微笑みながら告げる俺を見て、薫さんは固まったまま。

代わりに薫さんの姉が素早く目配せし、男の子がコクッと頷く。そして抱いていた赤ちゃんを「はい、この子、お願い」ととびきりの笑顔で俺に預けた。

条件反射で受け取ってしまったが、赤ちゃんが眠そうに欠伸をしたので、しっかりと胸に抱く。

軽くて……強く抱いたら簡単に壊れてしまいそうだ。

悠の子を抱いた時はただかわいいと思っただけだったけど、全力で守らなければという愛情が身体中にあふれてくる。

赤ちゃんの背中を優しく撫でる俺の姿を見て、男の子はホッとした顔で薫さんの姉と共に部屋を後にする。多分気を利かせてくれたのだろう。

「赤ちゃん、今何カ月？」

薫さんとの距離を詰めると、まだ気が動転しているのか、言葉を発しない彼女に穏やかな声で問う。

「……一カ月」

彼女は瞬きもせず、どこか緊張した面持ちで答えた。

「一カ月か。双子の名前を教えてくれないか?」

続けて質問すると、今度は俺の目をしっかりと見据えてきた。

「涼さんが抱いているのが、美しいに、涼さんの涼と書いて美涼。私が抱いているのが、涼さんの涼に安寧の寧と書いて涼寧」

「ふたりとも俺の名前が入ってるんだね」

薫さんの言葉を聞いて、確信した。彼女は俺のことを愛している。愛してなければ、子供に俺にちなんだ名前をつけないだろう。

「……ずっと隠していてごめんなさい。でも、やっぱり秘密にはできなくて涼さんに連絡取ろうとしたの」

彼女が、今にも泣きそうな顔で謝ってくる。

俺は赤ちゃんを片手でしっかりと抱き直し、空いた手で彼女に触れた。

「俺も気づいてあげられなくてごめん。俺のドイツ行きの話を聞いたんだよね? ひとりで産んで大変だったよね。一緒にいなくて……ごめん」

親しい人たちにも内緒にして、ひとりで出産した彼女の苦労を思うと胸が痛くなる。

「……姉の家族が支えてくれてなんとかやってこれたけど、涼さんがここにいたらって思わずにはいられなかった」

「これからはずっと一緒にいるよ。薫さんを愛してる」

優しく自分の思いを伝えると、彼女が目に涙を溜めながら言う。

「私も……ずっと涼さんを思ってた。愛してるの」

彼女の口からその言葉を聞いて、目に温かいものが込み上げてきた。

「迎えに来るのが遅くなってごめん」

かなり寄り道をしてしまったけれど、やっとお互い心が通じ合えた。

「謝らないで。私が悪かったの。私の妊娠を知ったら……私がいたら……涼さんがドイツに行けないって思って……。本当に……本当に……ごめん……なさい」

薫さんが泣きながら謝るので、彼女の涙を指で拭った。

「泣かないで。赤ちゃんもママが泣いてたらビックリする」

「……うん。うん」

「本当はギュッと薫さんを抱きしめたいんだけど、手が足りない。贅沢《ぜいたく》な悩みだな」

片手で薫さんの肩を抱いて頬を寄せると、彼女が泣きながら笑った。

「千手観音になっちゃうよ」

本当に久しぶりに薫さんの笑顔を見た。

俺が大好きな顔——。

「ずっと……この顔が見たかったんだ」

クスッと微笑んで彼女に口づける。

よく知ったその唇。

この半年分の思いを伝えるように、彼女の唇をついばんだ。触れ合ってしまえば、会っていなかった時間などないように思える。互いを思う気持ちが同じだったからかもしれない。

「愛してる。だから、俺と結婚してほしい。ノーとは言わせないよ」

キスを終わらせ、薫さんにプロポーズすると、彼女が嬉しそうに微笑みながら返事をする。

「はい。あなたの妻にしてください」

指輪もまだ用意してないけれど、まずは結婚のことをちゃんと決めたかった。

いろいろ順番は違ってしまったが、産まれてきた双子は俺にとって大事な宝物。

「もう絶対に離さない」

薫さんにも自分にもそう誓うと、もう一度彼女の唇にキスを落とした。

そして、ふたりは……

「うん、そうそう。最近、昨日までできなかったことが急にできるようになって困ってるのよ」

ハーッと悩ましげに溜め息をつくと、真理ちゃんが同調するように言う。

《ああ。わかります。うちの子もやっぱり悠さんの血を引いてるせいか知能が発達してて、玄関の鍵も椅子を使って開けられるようになっちゃって……。ホント目が離せないですよ》

仕事では後輩だった真理ちゃんは、今は私の義理の姉で育児の先輩。

二年前に涼さんが福井まで私を迎えに来てくれて、私は彼と結婚した。その後は双子を連れてドイツへ。赤ちゃんがいたから式は挙げなかったけれど、愛する彼と結婚できただけで幸せだ。

パパからの愛を受けて、双子はすくすくと成長している。姉一家にはとてもお世話になったが、やっぱり家族一緒にいるのが一番幸せだと思う。涼さんと双子を連れてドイツに行く日には、蒼介くんに泣かれちゃったけど。

『きっと美涼も涼寧も僕のこと忘れちゃうんだろうな』

『また会えるよ。いとこだしね』

泣く蒼介くんを優しく慰めていたのが、ずいぶん昔のことのように感じる。

ドイツに行ってからは、涼さんが雇ってくれたお手伝いさんがドイツ語を教えてくれたし、英語は話せたので生活には困らなかった。ドイツでは二年暮らし、先月日本に帰ってきて、今は東京にいる。ドイツに滞在中は、蒼介くんも双子に会いにひとりで遊びに来てくれた。夏休みを使って一カ月うちに滞在して、ドイツ語もちょっとした会話をマスターして帰った。

真理ちゃんとはドイツに行く前に一度会った。その後もテレビ電話で近況を伝え合い、日本に戻ってからはお互いの家を行き来している。

涼さんとの結婚と双子のことを彼女に伝えた時は、『もうひとりで悩まないでくださいよ。私たち義理の姉妹なんですから』と怒られた。今は育児のちょっとしたことも彼女に相談している。

「まだまだ赤ちゃんのつもりでいたけど、歩けるようになると心配が尽きないわ」

《そうですね》と真理ちゃんが相槌を打ったその時、インターホンが鳴った。

「あっ、真理ちゃんごめん。きっと水道の修理の人だわ。電話切るね。今度またうちに遊びに来て」

慌てて電話を切ってインターホンの対応をし、リビングで仲良く遊んでいた双子をベビーサークルの中へ入れる。

「ママ～、みすずでたい」

「すずねもでたい」

双子が文句を言うけれど、笑顔で押し切る。

「ちょっとだけ我慢しててね」

まだ双子たちはブーブー言っていたけれど、私は構わず「はーい」と返事をして玄関へ。

ドアを開けると、水道屋さんのお兄さんが名札を見せながら、「こんにちは、『K水道設備』です」と挨拶する。

「こんにちは。よろしくお願いします」

ニコッと挨拶を返して、水道屋さんをバスルームに案内した。

「ここから漏れるんですよね」

洗濯機の給水口から少し水漏れしていて、修理を依頼したのだ。

「これならパーツ交換ですぐ終わります」

水道屋さんとそんなやり取りをして、一度双子の様子を見にリビングに戻るが、ふたりともベビーサークルの中でままごとをしていた。

「よかった」

ホッとしてバスルームに戻り、無事に修理を終えて水道屋さんを見送ると、家の中が妙に静かなのが気になった。

そういえば、双子の声がしない。そろそろ我慢できずに『でたい』って大合唱が始まる頃なんだけどな。なにか嫌な予感がする。

真っ先にベビーサークルに目を向けると、双子の姿がない。

「あれ？　どこに行ったの？」

キョロキョロと辺りを見回すと、キッチンの隅に双子がいて、床にばら撒いたお米を手ですくって遊んでいる。

「ああ～！」

やられた。

悲鳴に似た声をあげて双子のもとに行き、ふたりを注意した。

「美涼、涼寧、キッチンには入っちゃダメ。危ない物がいっぱい置いてあるの」

「「ごめんなしゃい」」

ふたりがしゅんとした様子で謝ったその時、玄関のドアがガチャッと開く音がした。

「「あー、パパ～！」」

私に怒られたことを秒で忘れ、玄関へ走っていく双子。米粒がさらにばら撒かれて、頭を抱える。

「あ～あ、どうするのこれ？」

キッチンでしばし呆然としていたら、涼さんが現れてクスッと笑った。

「すごい惨状だな。美涼と涼寧の仕業？」

「そうなの。少し目を離していたら、ベビーサークル突破されちゃって、キッチンにお米撒き散らされちゃった」

深い溜め息をつきながら説明する私をいたわるように彼が言う。

「それは大変だったね。ベビーサークル突破されたとなると、対応を変えてみるのもいいかも。キッチンに入らせないんじゃなくて、ちょっとしたお手伝いをさせたらどうかな？」

涼さんの言葉は、目からウロコだった。

「なるほど。手伝わせながら危険を教えていくのね」

私が納得して深く頷くと、涼さんが優しく微笑んだ。

「そう。美涼、涼寧、散らかしたお米を集めてちゃんとお片付けしよう」

涼さんに声をかけられた双子は「『あい』」と元気よく返事をして、お米を手で集め始める。

「あっ、このボウルに集めてね」

美涼、涼寧にボウルを手渡すと、スーツ姿の涼さんに目を向けた。

「疲れて帰ってきたのにバタバタでごめんね。涼さんは着替えてきて」

「俺は平気だよ。すぐ着替えて手伝う。ただいま」

涼さんは私の頬に顔を近づけてチュッとして、一旦着替えにキッチンを出ていく。

正直、涼さんが帰ってきてくれて助かった。

子供はかわいいけど、毎日なにかしらハプニングがあって、気が滅入ることもある。ついかっとなって叱りそうになっても、涼さんがいると冷静になれるのだ。

涼さんは私と結婚してから働き方を変えてくれて、帰りもずいぶん早くなった。

彼は『ドイツで医療技術だけではなく、働き方も学んだからだよ』と言っている。

ドイツでは残業はよしとしない。しっかり働いて、しっかり休む。それが仕事の効率にも繋がる。その働き方を涼さんは今の職場にも取り入れた。だから、昔のようなすれ違いの生活はなくなった。

涼さんが着替えて戻ってきて、みんなでお米を拾う。

掃除機を使えば早かっただろうけど、やはりまずは双子に悪いことをしたって教えたかったし、食べ物を大事に扱う子になってほしかった。

家族みんなでやると、面倒なことでも笑ってしまう。なんでも家族一緒にできるって幸せなことなのかもしれない。

十分ほどで片付け終わると、双子たちが「「ママ～、ごはん」」と騒ぎだしてハッとした。

「あっ、この騒ぎで作るの忘れてた～。餃子《ギョーザ》のタネを作ってあったの」

双子がお昼寝している間に、タネだけ作っておいたのだ。

「じゃあ、みんなで餃子作ろう」

涼さんのその言葉で、「「わ～い」」と双子たちがはしゃぐ。

ダイニングテーブルに餃子のタネと皮を並べ、家族みんなで餃子を作る。

双子たちはまだうまく包めないので、皮を二枚使ってタネをサンドイッチ。

「おお、美涼のも、涼寧のも美味しそうだね」

涼さんが褒めると、双子が声を揃えて言う。

「「パパたべてねー」」

ハモるところが双子らしい。

でも、ふたりとも個性があって、姉の美涼は絵本を見てじっとしているのが好きだけど、涼寧は家の中でもジャングルジムや滑り台をしてずっと動き回っている。

色も美涼は赤やピンクが好きで、涼寧は青や水色が好きだから、洋服もいつも本人たちの好きな色を着せている。

出来上がった餃子をホットプレートで焼いて、みんなで食べる。といっても、双子が熱々の餃子を食べられないので、子供と一緒にフーフーして冷ました。

「待って、美涼。一緒にフーフーしよう」

まずは子供が食べるのが先。

私が美涼にそう声をかければ、涼さんも「涼寧もフーフーだよ」と涼寧に声をかける。

「「うん」」と双子が真剣な顔で返事をするが、この表情がかわいくてたまらない。

「親馬鹿って言われるかもしれないけど、うちの子たちが世界で一番かわいいな」

涼さんも私と同じことを思ったのか、双子を見て破顔する。

「大丈夫。私も親馬鹿だから」

フフッと涼さんに向かって微笑めば、双子に急かされた。

「「パパもママもフーフーして。はやく」」

「「はいはい」」

私と涼さんもハモってしまい、お互い目を合わせてクスッと笑う。

夕飯を食べ終わると、涼さんが双子をお風呂に入れている間に、後片付け。それが終わるとバスルームへ行き、双子の着替えを手伝って寝かしつける。

「「ママ〜、おばけのほん」」

双子にせがまれて、ベッドの上に置いてあった絵本を手に取った。

「はい」

今ふたりはおばけにハマっていて、この一カ月ずっと同じ本を読んでいる。

「寝ないとお化けがでるぞ〜」

声を変えて読み聞かせると、双子が「「キャー！」」と声をあげ布団を頭から被る。

「「こわい〜」」とキャッキャ言い合って布団に潜っていたけれど、そのうち声がしなくなった。

布団をそっとめくってみたら、双子がうつ伏せになって寝ている。

「天使の寝顔」

クスッと笑って、「おやすみ」とそっと声をかける。

これが私の日常。

毎日騒がしいけど、とっても幸せ。

こんな風に寝かしつけをするのも、小学校の低学年くらいまでかもしれない。

双子の寝室を後にすると、私も入浴を済ませ、リビングへ行く。

「今日はふたりともすぐ寝た？」

ソファでタブレットを見ていた涼さんが、私に気づいて尋ねた。

「うん。絵本読んだらすぐに寝ちゃった。今はお化けブームだけど、次はなにがくるかな？」

涼さんの横に座ってそんな質問をすると、彼が少し考えて小さく微笑む。

「うーん、お菓子とか？」

「それか、お医者さんブーム。パパの仕事に憧れるかも」

私の発言を聞いて、彼が悪戯っぽく目を光らせた。

「ふたりが聴診器持って遊びだしそう。奪われないようにしないと」

「蒼介くんはお医者さんになるって言ってるし、双子もそのうち言い出すかもね」

蒼介くんや双子たちが白衣を着ている姿を想像してくすくす笑っていたら、急に目の前が翳《かげ》って柔らかいものが唇に触れた。

「涼……さん？」

「かわいいと思って」

彼が私の額に自分の額をコツンとしてフッと微笑する。

子供がいても、出会った時と同じように私を見つめる彼。

涼さんとこうして一緒にいることがどんなに幸せなことか……。

一分、一秒でもどんな宝石よりも価値がある。

「今、するの？」

私が涼さんの目を見つめながら問うと、彼は「そう。今」と返して私の唇に再びキスをする。

そして、そのまま愛し合った――。


「うわ～、薫さん、綺麗～。これは絶対に涼さん惚れ直しますよ」

真理ちゃんが私を見て感嘆の声をあげれば、隣の萌ちゃんも目をキラキラさせながらうっとりと私を見つめる。

今、私が着ているのは、華やかなレースが印象的なロングトレーンのウエディングドレス。プリンセスラインでまるで女の子の憧れを凝縮したように可憐《かれん》で、それでいてエレガントだ。

「うん、うん、薫さん、プリンセスみたい」

「……まだ私、状況を呑み込めてないんだけど」

テンションが高いふたりとは対照的に、私は戸惑いを感じていた。

朝起きたら突然涼さんに『今日、綾小路家の集まりがあるから』と言われ、連れてこられたのは都内の有名ホテル。てっきりレストランに行くのかと思いきや、正面玄関前で待ち構えていた真理ちゃんと萌ちゃんに、ブライダルサロンに連行された。そこで真理ちゃんから、『今日は薫さんと涼さんの結婚式ですよ』と伝えられたのだ。

ウエディングドレスを着せられても、まだ私は呆然としていた。一方で、真っ白なドレスを着せられた双子は、はしゃいでいる。

「みすず、シンレレラ」

「すずねも、シンレレラ」

ふたりとも舌っ足らずで、まだ『シンデレラ』と言えない。

すぐ横には真理ちゃんの息子の尊《たける》くんがいて、元気な双子を見てニコニコ笑っている。

「ファミリーウエディングですよ。やっぱり、結婚式って女の子の夢じゃないですか？」

双子の相手をしながらフフッと笑う真理ちゃんに、つっこみを入れる。

「もう私、ママなんだけど」

「ママとか関係ないよ。涼兄の発案だよ。すごく愛されてるね、薫さん」

ニコッと笑う萌ちゃんの言葉にハッとする。

「そうだよね。こんなサプライズ、涼さんらしい」

嬉しくて涙が込み上げてきた。そんな私を見て、真理ちゃんが注意する。

「薫さん、今泣いちゃダメですよ。化粧崩れます」

「うん。わかってる」

上を向いて涙をこらえると、笑顔で頷く。

それからスタッフが「そろそろ時間です」と呼びに来て、ホテル内のチャペルへ移動した。

私のドレスの裾を持ってくれているのは、双子と尊くん。

バージンロードはひとりで歩くのかと思ったのだけれど、チャペルのドアの前に涼さんのおじいさまがいた。

「会長……」

驚いて思わず役職で呼んでしまうと、おじいさまが笑顔で訂正する。

「そこはおじいちゃんだよ。薫さん、今日は私が涼のところまでエスコートしよう。おチビちゃんたちもいて楽しいな」

「私も嬉しいです」

なんだかサプライズがいっぱい。

涼さんのおじいさまやお父さまとは、ドイツへ行く前に会った。

『薫さんが涼と結婚してくれて嬉しいよ。それに双子も産んでくれて、幸せが何倍にもなった』とふたりとも喜んでくれた。その後も連絡を取り合っているし、双子の誕生日やクリスマスにはプレゼントを送ってくれる。

チャペルのドアが開き、おじいさまと一緒にバージンロードを歩く。

参列者の席には真理ちゃんと萌ちゃん、副社長……、いやお義兄さん、涼さんのご両親がいる。

そして、祭壇の前ではグレーのタキシードを着た涼さんが、王子さまのような笑みを浮かべながら私を見つめていた。

私の大好きな栗色の瞳。いつだって私への愛に満ちている。

突然の結婚式でかなり緊張していたのだけど、涼さんの笑顔を見たら落ち着いてきた。

　まるでおとぎ話の世界のように思えるけど、これは現実。

　涼さんと私の結婚式――。

　双子もいるし、式を挙げるのは自分の中で諦めていた。でも、涼さんはそんな私の気持ちをわかっていたのだろう。同じ時代に生まれ、彼に出会えた私は幸せ者だ。

　涼さんの前まで行くと、彼が甘く微笑んで――。

「綺麗だ。ずっと見たかったんだ」

　彼は私への愛をいつだってストレートに伝えてくる。

　揺らぎのない愛。

「私……一生あなたを幸せにする」

　もう感極まってしまい式の流れを無視してそう告げると、彼が私の手をギュッと握ってきた。

「薫さんがそばにいてくれるだけで幸せだよ。これからも守っていくから」

　春の日差しのように私に穏やかに笑うと、彼は娘たちにも目を向けた。

　涼さんがいるから、娘たちがいるから、これからなにがあっても乗り越えられる。

　ずっと笑顔が絶えない家族になろう。

「うん」

愛する夫を見つめ、ゆっくりと微笑んだ。


「美涼、涼寧、さあ、今日はリビングで宝探しをしよう」

ある昼下がり、リビングでなにやら作業をしていた涼さんが子供たちを呼んだ。

双子は今三歳になり、幼稚園に通っている。今日は日曜日で、幼稚園は休み。おまけに外は土砂降りの雨だから、双子は退屈していた。

「『たからさがし？』」

彼の言葉を聞いて、美涼と涼寧が目を大きく開けて首を傾げる。

「この紙に宝物の名前が書いてある。見つけたら、その宝物をあげるよ。宝物は六つあるからね」

赤い紙を見せながら涼さんが説明すると、双子は目を輝かせて宝物を探し始めた。

「みすずいっぱいみつける～」

「すずねも～」

ソファの下やカーペットの下、本棚にカーテン……と、双子は探し回り、まず涼寧が声をあげた。

「すずね、みつけた～！　えーと、【あめ】ってかいてある」

「いいなあ。あっ、みすずもみつけたよ～。みすずのは【チョコ】」

涼寧を見て羨ましそうにしていた美涼も、すぐに赤い紙を見つける。ふたりとも三歳になってひらがなとカタカナが読めるようになった。

「美涼も涼寧もよかったね」

私がにっこりと微笑むと、涼さんも笑顔でふたりに声をかける。

「まだ四つ残ってるよ。ふたりとも頑張れ」

「『は～い』」と双子が声を揃えて返事をし、またリビングのものをひっくり返して探し始める。

「リビングがぐちゃぐちゃになるけど、双子にはいい遊びだね」

双子が一生懸命に探す様子を見つめながら私がそんな感想を口にすると、横にいる涼さんが楽しそうに頬を緩めた。

「まあ、後でみんなで片付ければいいから」

この心の余裕、ホント私より大人だなって思う。私なら家の中でこんなに自由に遊ばせないもの。ふたりがなにかするたびに、『散らかさないでね』と注意してしまう。

しばらく別々に行動していた双子だけれど、五分後には一緒に本棚を探していた。

ある本を手に取った涼寧が、「あっ、なにこれ？　おてがみ？」と隣にいる美涼に聞く。

「うん。おてがみだあ。パパ、ママ、きて～」

美涼に呼ばれ、涼さんと双子のところに行くと、涼寧が持っていたカードらしきものを涼さんに渡した。

「ああ……ずっと探してたんだ。この本に挟んでたのか」

涼寧からカードを受け取った涼さんは、とても懐かしそうに微笑む。それは私にとっても見覚えのあるものだった。

カードには、【来年は必ず手作りチョコ渡すね】と書かれている。

私が昔バレンタインに涼さんにあげたメッセージカードだ。

「嘘？　まだ持ってたの？」

もうとっくに捨てたかと思ってた。

「捨てられないよ。でも、引っ越しでどこに行ったかわからなくなってて……。双子が見つけてくれてよかったよ」

驚く私を見て、涼さんが穏やかな目で微笑む。

「パパ～、そのおてがみ、なに？」

無邪気に聞いてくる美涼に、涼さんはチラリと私を見て答える。

「これはママからもらったんだ。パパの大事な宝物だよ」

その言葉を聞いて、感動で涙が込み上げてきて、たまらず涼さんの手をギュッと掴んだ。

「どうかした？　薫さんも宝探ししたくなった？」

そんな冗談を言って、今にも泣きそうな私を彼が笑わせようとする。

「違う。だって私の宝物はここにあるもの」

涼さんに美涼に涼寧。探す必要なんてない。

愛する夫を見つめ、目に涙を浮かべながら微笑んだ――。

The end.

あとがき

こんにちは、滝井みらんです。今回は、シリーズのヒーローたちに来てもらいました。最後までお楽しみいただけたら幸いです。

――創作秘話――

悠　知ってたか？　このシリーズ作品、作者からの提案だったらしいぞ。

涼　薫さんから聞いてるよ。ヒーローの双子設定は担当編集さんからの提案だったみたいだね。

悠　ああ。シリーズの内容決める時に作者は特にこだわりがなくて、担当編集の案でいこうって話になったそうだ。お前のシリーズでヒーローが年下設定っていうのも担当編集の案だとか。だから、年下設定じゃなかったら、お前の相手は変わっていたかもしれないな。

涼　俺は薫さんじゃなければ、結婚しなかったけどね。やけに詳しいけど、誰情報なの？

悠　上杉に調べさせた。

涼　部下になに調べさせてるの。業務外だよね？　上杉さんをもっと大事にした方がいいよ。転職されたら困るのは悠だよ。
悠　上杉が片思いしてた女を横から掻っ攫ったお前に言われたくはないな。
涼　譲れるわけないじゃないか。話戻すけど、このシリーズのイラストイメージ案は、去年の秋作成したんだってさ。
悠　ああ。俺はメガネにするとか、背景チェックにするとか、ヒーローだけにする……とか、いろいろ案出してたって上杉から報告受けてる。
涼　へえ。上杉さんの調査能力すごいね。ボーナス三倍にしてもいいくらいだよ。
悠　次の作者の作品についても調べてたぞ。ヒロインは才色兼備で……!?
涼　悠、ストップ。ネタバラシになるからね。

え〜、最後に、二人三脚で共に頑張ってくれた編集担当さま、二作続いて美麗なイラストを描いてくださった氷堂れん先生、厚く御礼申し上げます。そして、いつも応援してくださる読者の皆さま、心より感謝しております。また来年ベリーズ文庫でお会いできたら嬉しいです。

滝井《たきい》みらん

滝井みらん先生への
ファンレターのあて先

〒104-0031
東京都中央区京橋1-3-1
八重洲口大栄ビル7F
スターツ出版株式会社　書籍編集部　気付

滝井みらん先生

本書へのご意見をお聞かせください

お買い上げいただき、ありがとうございます。
今後の編集の参考にさせていただきますので、
アンケートにお答えいただければ幸いです。

下記URLまたは二次元コードから
アンケートページへお入りください。
https://www.ozmall.co.jp/enquete/IndexTalkappi.aspx?id=2301

凄腕な年下外科医の容赦ない溺愛に
双子ママは抗えない
【極上スパダリ兄弟シリーズ】

2024年9月10日　初版第1刷発行

著　者　滝井みらん
©Milan Takii 2024

発行人　菊地修一
デザイン　hive & co.,ltd.
校　正　株式会社文字工房燦光
発行所　スターツ出版株式会社
〒104-0031
東京都中央区京橋1-3-1　八重洲口大栄ビル7F
TEL　03-6202-0386（出版マーケティンググループ）
TEL　050-5538-5679（書店様向けご注文専用ダイヤル）
URL　https://starts-pub.jp/
印刷所　大日本印刷株式会社

Printed in Japan

乱丁・落丁などの不良品はお取替えいたします。
上記出版マーケティンググループまでお問い合わせください。
定価はカバーに記載されています。

ISBN 978-4-8137-1632-7　C0193

ベリーズ文庫 2024年9月発売

『華麗なるホテル王は溺愛契約で縛め娶る【大富豪シリーズ】』 若菜《わかな》モモ・著

学芸員の澪里は古城で開催されている美術展に訪れていた。とあるトラブルに巻き込まれたところをホテル王・聖也に助けられる。ひょんなことからふたりの距離は縮まっていくが、ある時聖也から契約結婚の提案をされて!?　ラグジュアリーな出会いから始まる極上ラブストーリー♡　大富豪シリーズ第一弾！

ISBN 978-4-8137-1631-0／定価781円（本体710円＋税10%）

『凄腕な年下外科医の容赦ない溺愛に双子ママは抗えない【極上スパダリ兄弟シリーズ】』 滝井《たきい》みらん・著

秘書として働く薫は独身彼氏ナシ。過去の恋愛のトラウマのせいで、誰にも愛されない人生を送るのだと思っていた頃、外科医・涼と知り合う。優しく包み込んでくれる彼と酔った勢いで一夜を共にしたのをきっかけに、溺愛猛攻が始まって!?　「絶対に離さない」彼の底なしの愛で、やがて薫は双子を妊娠し…。

ISBN 978-4-8137-1632-7／定価792円（本体720円＋税10%）

『執着心強めな警視正はカタブツ政略妻を激愛で逃がさない』 伊月《いづき》ジュイ・著

会社員の美都は奥手でカタブツ。おせっかいな母に言われるがまま見合いに行くと、かつての恩人である警視正・哉明の姿が。出世のため妻が欲しいという彼は美都を気に入り、熱烈求婚をスタート!?　結婚にはメリットがあると妻になる決意をした美都だけど、夫婦になったら哉明の溺愛は昂るばかりで!?

ISBN 978-4-8137-1633-4／定価792円（本体720円＋税10%）

『ライバル企業の御曹司が夫に立候補してきます』 宝月《ほうづき》なごみ・著

新進気鋭の花屋の社長・苑香は老舗花屋の敏腕社長・統を密かにライバル視していた。ある日の誕生日、年下の恋人に手酷く振られた苑香。もう恋はこりごりだったのに、なぜか統にプロポーズされて!?　宿敵社長の求婚は断固拒否！のはずが…「必ず、君の心を手に入れる」と統の溺愛猛攻は止まらなくて!?

ISBN 978-4-8137-1634-1／定価770円（本体700円＋税10%）

『お久しぶりの旦那様、この契約婚を終わらせましょう』 彼方《かなた》紗夜《さや》・著

知沙は時計会社の社員。3年前とある事情から香港支社長・嶺と書類上の結婚をした。ある日、彼が新社長として帰国！　周りに契約結婚がばれてはまずいと離婚を申し出るも嶺は拒否。そのとき家探しに困っていた知沙は嶺に言われしばらく彼の家で暮らすことに。離婚するはずが、クールな嶺はなぜか甘さを加速して！

ISBN 978-4-8137-1635-8／定価770円（本体700円＋税10%）

ベリーズ文庫 2024年9月発売

『買われた花嫁は冷徹CEOに息もつけぬほど愛される』冬野《とうの》まゆ・著

実音は大企業の社長・海翔の秘書だが、経営悪化の家業を救うためやむなく退職し、望まない政略結婚を進めるも破談に。途方に暮れているとそこに海翔が現れる。「実音の歴史ある家名が欲しい」と言う彼から家業への援助を条件に契約結婚を打診され！　愛なき結婚が始まるが、孤高の男・海翔の瞳は熱を帯び…！

ISBN 978-4-8137-1636-5／定価781円（本体710円＋税10%）

『極上の愛され大逆転【ベリーズ文庫溺愛アンソロジー】』

〈溺愛×スカッと〉をテーマにした極上恋愛アンソロジー！　最低な元カレ、意地悪な同僚、理不尽な家族…、そんな彼らに傷つけられた心を救ってくれたのは極上ハイスペ男子の予想外の溺愛で…⁉　紅カオルによる書き下ろし新作に、コンテスト大賞受賞者3名（川奈あさ、本郷アキ、稲羽るか）の作品を収録！

ISBN 978-4-8137-1637-2／定価792円（本体720円＋税10%）

ベリーズ文庫 2024年10月発売予定

Now Printing

『タイトル未定（航空王×ベビー）【大富豪シリーズ】』葉月《はづき》りゅう・著

空港で清掃員として働く芽衣子は、海外で大企業の御曹司兼パイロットの誠一と出会う。帰国後再会した彼に、契約結婚を持ち掛けられ!?　1年で離婚もOKという条件のもと夫婦となるが、溺愛剥き出しの誠一。やがて身ごもった芽衣子はある出来事から身を引くが――誠一の一途な執着愛は昂るばかりで…!?

ISBN 978-4-8137-1645-7／予価748円（本体680円＋税10%）

Now Printing

『タイトル未定（悪い男×外科医×政略結婚）』にしのムラサキ・著

院長夫妻の娘の天音は、悪評しかない天才外科医・透吾と見合いをすることに。最低人間と思っていたが、大事な病院の未来を託すには彼しかないと結婚を決意。新婚生活が始まると、健気な天音の姿が透吾の独占欲に火をつけて!?「愛してやるよ、俺のものになれ」――極上の悪い男の溺愛はひたすら甘く…♡

ISBN 978-4-8137-1646-4／予価748円（本体680円＋税10%）

Now Printing

『タイトル未定（エリート警察官×お見合い婚）』吉澤《よしざわ》紗矢《さや》・著

警察官僚の娘・彩乃。旅先のパリで困っていたところを蒼士に助けられる。以来、凛々しく誠実な彼は忘れられない人に。3年後、親が勧める見合いに臨むと相手は警視・蒼士だった！　結婚が決まるも、彼にとっては出世のための手段に過ぎないと切ない気持ちに。ところが蒼士は彩乃を熱く包みこんでゆき…！

ISBN 978-4-8137-1647-1／予価748円（本体680円＋税10%）

Now Printing

『美貌の御曹司は、薄幸の元令嬢を双子の天使ごと愛し抜く』蓮美《はすみ》ちま・著

幼い頃に両親を亡くした萌。叔父の会社と取引がある大企業の御曹司・晴臣とお見合い結婚し、幸せを感じていた。しかしある時、叔父の不正を発見！　晴臣に迷惑をかけまいと別れを告げることに。その後双子の妊娠が発覚し、ひとりで産み育てていたが…。3年後、突如現れた晴臣に独占欲全開で愛し包まれ!?

ISBN 978-4-8137-1648-8／予価748円（本体680円＋税10%）

Now Printing

『お飾り妻のはずが、冷徹社長は離婚する気がないようです』晴日《はるひ》青《あお》・著

円香は堅実な会社員。抽選に当たり、とあるパーティーに参加するとホテル経営者・藍斗と会う。藍斗は八年前、訳あって別れを告げた元彼だった！　すると望まない縁談を迫られているという彼から見返りありの契約結婚を打診され!?　愛なき結婚が始まるも、なぜか藍斗の瞳は熱を帯び…。息もつけぬ復活愛が始まる。

ISBN 978-4-8137-1649-5／予価748円（本体680円＋税10%）

タイトル、価格等は変更になることがございますのでご了承ください。

ベリーズ文庫 2024年10月発売予定

Now Printing

『君と見たあの夏空の彼方へ』麻生《あそう》ミカリ・著

カフェ店員の綾夏は、大企業の若き社長・優高を事故から助けて頭を打つ怪我をする。その日をきっかけに恋へと発展しプロポーズを受けるが…。出会った時の怪我が原因で、記憶障害が起こり始めた綾夏。いつか彼のことも忘れてしまう。優高を傷つけないよう姿を消すことに。そんな綾夏を優高は探し出し――「君が忘れても俺は忘れない。何度でも恋をしよう」

ISBN 978-4-8137-1650-1／予価748円（本体680円＋税10%）

Now Printing

『あなたがお探しの巫女姫、実は私です。』坂野《さかの》真夢《まむ》・著

メイドのアメリは実は精霊の加護を持つ最弱聖女。ある事情で素性がバレたら殺されてしまうため正体を隠して働いていた。しかしあるとき聖女を探している公王・ルーク専属お世話係に任命されて!?　しかもルークは冷酷で女嫌と超有名！　戦々恐々としていたのに、予想外に甘く熱いまなざしを注がれて…!?

ISBN 978-4-8137-1651-8／予価748円（本体680円＋税10%）

タイトル、価格等は変更になることがございますのでご了承ください。